# 나는
# 무슬림
# 래퍼다

# 나는 무슬림 래퍼다

압드 알 말리크

김두완 옮김

힙합이 구원한 한 갱스터의 삶

글항아리

오늘의 나를 있게 해준 어머니, 다시 만난 아버지께

이 책을 바칩니다.

이 책에 담긴 이야기 때문에

마음에 상처를 입을 사람도 있다.

그 사람에게 진심 어린 사과를 전한다.

하지만 이건 내가 살아온 이야기다.

나는 그것을 말할 의무가 있다.

# 차 례

# 이중생활

———————

나는 세 살에 태어났다. 1978년 10월 11일 이전의 기억은 전혀 없다. 이날부터 모든 것이 내 머릿속에 완벽하게 새겨졌다. 이날 콩고의 브라자빌에 위치한 민간 병원 블랑슈 고메즈에서 남동생 파예트가 태어났다. 나는 파리 14구역에서 태어났고, 세례명은 '레지'였다. 빌리족 출신인 아버지가 프랑스에서 정치학 학위를 딴 뒤 고국에서 고급 공무원직을 제의받았을 때, 나는 겨우 두 살이었다. 당시 아버지는 국무총리의 차기 고문직을 제안받았다. 테케족 출신인 어머니는 거의 기대조차 하지 않았던 귀향에 기쁨을 감추지 못했다. 어머니는 마지못해 고국을 떠난 탓에 향수병을 앓던 차였다.

병실 한가운데서 흰옷을 입고 계속 누워 있던 어머니가 아버지와 삼촌과 낮은 목소리로 이야기를 나누고 있었다. 그 모습은 아직도 머릿속에 생생하게 남아 있다. 나는 어른들이 나누는 대화의 주제를 이해하려고 안간힘을 썼다. 그때 세 살 위인 아르노 형이 환한 미소를 보이더니 내 옷소매를 끌어 자신이 발견한 걸 보여주었다. 고개를 돌린 나는 그제야 깨달았다. 반들반들한 머리카락에 온통 주름진 얼굴의 작은 생명체가 몸을 웅크린 채 어머니의 팔에 안겨 있었다. 제대로 보지 못할 정도로 정말 작은 그 아이에게 모든 관심이 쏠려 있었다. 그러니까 다른 누군가가 있었던 셈이다. 이렇게 삶의 신비를 깨닫게 되었다.

브라자빌에서 우리는 정부 건물이 밀집한 구역에서 살았다. 정부 고위 관료 몇몇이 그 구역에서 생활했다. 나는 건물을 둘러싼 번석류 나무 주변에서 영웅놀이를 하거나 말썽을 부리며 시간을 보냈다. 다만 해가 떠 있는 시간을 최대한 활용해야 했다. 자주 정전이 되어서 땅거미가 지고 나면 구역 전체가 암흑에 휩싸이곤 했기 때문이다. 보통 저녁을 먹으려고 할 때 정전이 돌발해서 저녁 식사는 별빛 아래에서 끝마치곤 했다. 정전이 불편하긴 했지만, 그렇다고 놀람과 동시에 느낀 여운이 줄어들진 않았다. 정전될 때마다 아르노와 나는 기쁨과 흥분을 드러내며 웃어대기에 바빴던 반면, 어른들은 조용히 자기 할일을 했다. 어머니나 아버지 중 한 사람은 손을 더듬어서 세탁장까지 건너가서 작은 양철 촛대와 양초, 그리고 성냥이나 라이터를 챙겨 돌아왔다. 그런 다음 어둠이 우리를 갈라놓기 전에 아버지나 삼촌이 방금 전까지 저녁 식사를 하고 있던 넓은 발코니로 우리를 다시 데려갔다. 그렇게 구역에 사는 주민 모두가 발코니에서 서로 만났다. 달빛에 젖은 사람들은 어떤 불안감이나 짜증을 드러낼 기미가 조금도 없어 보였다. 이 마법 같은 순간에 대한 기억은 지금도 고요하고 평온한 분위기로 내 안에 남아 있다.

우리는 콩고 남부에 위치한 경제 중심지인 푸앵트누아르에 자주 들렀다. 그곳에는 아버지 쪽 친척이 많이 살고 있었다. 그곳에 가면 함께 대서양 연안 해변으로 나가 즐거운 시간을 보내곤 했다. 한번은 고모가 한눈을 판 사이 아르노가 뭍으로 나온 물고기 한 마리를 잡아 주머니에 넣은 적이 있다. 집으로 돌아가는 길에 아르노는 어른들이 낮잠을 자는 사이에 그 물고기를 요리할 거라고 내게 귀띔했다. 고모 집에 도착해보니 물고기는 다들 알아차릴 만큼 심한 악취를 풍겼다. 아르노는 울면서 자신이 그렇게 행동한 이유를 설명했고, 그 모습에 고모는 웃음보를 터뜨렸다. 25년이 지난 지금까지도 고모는 그때 일을 떠올리며 즐거워한다.

브라자빌 근교에 위치한 포토포토에 대한 기억도 생생하다. 그곳에는 어머니 쪽 친척이 살고 있었다. 외할아버지, 외할머니, 이모, 이모부도 있었지만, 특히 외사촌들과 아주 즐겁고 행복한 시간을 보냈다. 그 순간들은 가족과 콩고에 대한 사랑으로 내 마음에 남아 있다. 어렸을 때 나는 정서적 안정을 느끼며 어른을 존중하는 분위기 속에서 자란 듯하다. 아프리카에 대해 전혀 알지 못한 채 프랑스의 집단주택지에서 사는 흑인 친구들의 눈에서 이런 안정된 분위기를 찾기란 쉽지 않았다.

─────

그 시절은 멋진 여행처럼 지나갔다. 유쾌하고 웃음 가득한 그때의 기억들은 내 인생에서 가장 행복한 장면으로 남아 있다. 하지만 그때 나는 몹시 즐거우면서도 그것이 정말 일시적인 상황임을 잘 알고 있었다. 아르노와 나는 아침마다 열심히 방을 정리했는데, 그럴 때면 우리가 당연히 '집으로', 다시 말해 프랑스로 돌아가는 것으로 마무리되는 긴 방학을 보내고 있음을 확신했다. 그리고 1981년 여름에 방학은 끝났다. 저널리즘 공부를 마치려고 하던 아버지는 장학금을 받는 데 성공했고, 그사이에 정권이 바뀌면서 바로 기회를 잡았다.

결국 우리 가족은 스트라스부르 교외 남부에 위치한 뇌오프에 짐을 풀었다. 당시 그곳에 사는 흑인 가족은 두 집밖에 없었기에 우리는 세 번째가 되었다. 뇌오프에서 우리 가족은 사회적 빈곤, 불안정, 추방을 인식하기 시작했다. 이민자들, 특히 이민자의 아들들은 서로를 신랄하게 비난하는 데 일가견이 있었다. 하지만 나를 검은 대륙으로 이어주던 몸과 마음의 끈이 그런 시련으로 느슨해지진 않았다. 파리에서 태어났고, 콩고에서는 겨우 4년밖에 살지 않았지만(이후 콩고에 가본 적은 없다) 나는 항상 아프리카를 가깝게 느꼈다.

완곡히 표현해서 '난해하다'고 할 수 있는 뇌오프 구역은 하나의 도시만 한 크기다. 총면적 22.46제곱킬로미터에 2만 명이 넘는 인구가 다문화의 모자이크를 형성하고 있다. 이곳은 광활한 녹지나 여기에 딸린 마을의 풍경보다 저가 임대 아파트 단지<sup>HLM habitation à loyer modéré의 앞 글자를 따서 HLM이라고 한다</sup> 밀집지역으로 더 유명하다. 어떤 주민들은 HLM이라는 약어를 '손 들어!<sup>Haut les mains!</sup>'라고 읽기도 한다. 이곳은 치안이 불안하고 실업률이 높으며, 여기서 극빈자 보호금을 수령하는 사람의 수는 국가 평균을 웃돈다. 매년 생실베스트르 축일 <sup>12월 31일</sup>마다 불타는 차량의 수, 변두리에서 몇몇 사람이 빈번히 일으키는 악질 범죄까지 생각해보면 사람들이 그렇게 읽을 이유는 충분했다.

사람들은 대부분 공영 주택에서 생활했다. 주택 건물은 낮은 탑 모양으로 끝없이 줄지어 있었고, 벽면은 끊임없이 보수되곤 했다. '대부분'이라고 말한 것은 정착한 집시들이 폴리곤뇌오프 북쪽에 위치한 구역을 할당받았기 때문이다. 이곳에는 황폐화된 가건물들이 뒤엉켜 있었고, 광기 어린 추격전이 심심찮게 목격되었다. 그때마다 절도 차량이 내뿜는 모터의 굉음과 타이어의 마찰음이 경찰의 사이렌과 뒤섞였다. 이와 함께 창턱에 놓인 스피커에서 마이클 잭슨, 배리 화이트, 쿨 앤드 더 갱, 어스 윈드 앤드 파이어, 잽이 들려주는 펑키 찬가가 폭발했고, 밤낮을 가리지 않던 그 음악 소리는 일상의 배경음이 되곤 했다. 뇌오프에서는 야간 소음의 개념이 안중에도 없었다. 이 구역의 밖에서 뭐라 생각하든 그곳의 일상은 우울하지도, 단조롭지도 않았다.

우리 집은 전형적인 콩고 이민자 가족이었다. 아버지는 학위가 높고 박식한 사람이었지만 여자를 지나치게 밝혔고, 어머니는 어린 세 아들밖에 몰랐다. 해를 거듭할수록 환경이 안 좋아졌지만 우리 가족은 그 속에서 정착해갔다. 아버지는 이른바 '지식인'이었다. 우수한 성적으로 정치 학위를 따고, 주요 직위에 자주 오르곤 했다. 총리 고문으로 기용되기도 했고, 콩고 국영 방송에서 뉴스 프로그램의 사회자로 나서기도 했다. 이 스트라스부르라는 도시에서 그저 학생의 지위로 사는 것은 아버지가 바라던 바가 아니었다. 어머니의 말에 의하면, 아버지는 모든 취업 제의를 공손하면서도 강경하게 거절했고, 우리 가족이 거의 사회적 지원에만 의존하도록 만들었다. 아버지는 백인 밑에서 일하는 것을 거부한다는 뜻으로 자신의 태도를 정당화했는데, 이는 완전히 모순적이었다. 반식민주의에서 비롯된 아버지의 희한한 호전성 탓에 어머니는 가족에 대한 책임을 떠맡을 수밖에 없었다.

아버지는 독특하고 고상한 사람이었다. 가족을 둘러싼 유력 인사들을 통해 교양과 지식을 갖췄고, 항상 세련된 옷을 갖춰 입었다. 내 기억에 따르면, 아버지는 가난한 시절에도 지극정성으로 옷을 갖춰 입었고, 별난 제목의 책을 즐겨 읽었다. 아버지 주변을 불행하게 만든 이 악취미는 지금 내 모습에도 남아 있다.

스트라스부르에 도착하자마자 나는 초등학교에 저학년으로 입학했지만 얼마 지나지 않아 유치원으로 되돌아갔다. 이듬해 저학년 과정에서 유급될 정도로 내 지식수준은 낮았다. 나의 무지함은 좀처럼 해결되지 않았다. 이런 수치스러운 실패를 용납할 수 없었던 아버지는 여름 내내 악착같이 나를 공부시켰다. 심하다 싶을 정도로 가혹한 일정을 따르도록 했고, 밖에서 노는 것도 절대 허락하지 않았다. 빠른 시일 내에 결과가 나올 수 있도록 아침부터 밤까지 쉬지 않고 학습을 시켰다. 어린 나이에 이런 경험을 한 나는 이후에도 계속 우수한 학생으로 지내야 했다. 아버지는 내게 공부의 필요성과 최고가 되고자 하는 야망을 항상 강조했다. 그렇게 얻은 것은 아무도 건드릴 수 없고, 그 결과는 내가 가질 수 있는 최고의 보상이 될 것이라는 게 아버지의 설명이었다.

　1983년에 막내 남동생 스테판이 태어났을 때 아버지와 어머니는 이미 갈라선 상태였다. 이후 아버지는 자식들을 보러 오지 않았다. '아빠는 방랑자Poppa was a rolling stone'라는 노래 가사처럼 말이다. 그럼에도 난 부자지간의 애정을 느꼈다. 물론 아버지의 바람기와 방탕한 생활 방식 때문에 우리는 고생했고, 내게 아버지는 반면교사가 될 수밖에 없었다. 그렇지만 아버지에게 원한을 품을 수는 없었다. 아버지가 떠나자 어머니는 혼자였다. 직업도 없는 상태에서 5만 프랑이 넘는 빚을 지고 있었고, 양육비 없이 네 자식을 키워야 하는 상황에 놓여 있었다. 이 모든 일이 스트라스부르의 다사다난한 저가 임대 아파트 단지에서 벌어졌다. 처음에는 괜찮았다. 하지만 멀쩡했던 어머니는 곧 술에 빠지기 시작했다. 아메리칸 인디언이나 호주 애버리지니처럼 아프리카 흑인 일부에게도 술은 겉으로 보기에 일상의 고통을 효과적으로 막아주는 역할을 했다. 게다가 우리 문화에서 술병은 인생의 우여곡절을 겪으며 지칠 때마다 반사적으로 찾는 대상이었다. 술은 시선과 생각을 흐리멍덩하게 만들었다. 낙심한 어머니는 여러 해 동안 술을 피난처로 삼았다. 끔찍한 나날들이었다. 하지만 어머니는 결코 자신의 존엄성을 잃지 않았다. 우리를 키우는 최선의 방법을 항상 알고 있었다. 물론 며칠 연속으로 하루 세끼가 모두 아침 식사처럼 나오는 경우도 있었다. 그리고 성탄절이나 생일이 되면 우리는 종종 스트라스부르시나 가톨릭 구호 단체의 도장이 찍힌 장난감을 받기도 했다. 연체된 청구서가 무더기로 쌓인 탓에 한 달 내내 촛불을 켜고 지내야 할 때도 있었고, 배가 고프면 카리타스가톨릭교에 바탕을 둔 국제적 봉사 조직에 가서 무료 급식을 먹을 때도 있었다. 하지만 우리는 절대 부끄러워하지 않았다. 어머니 역시 부끄러워하지 않았다. 어머니는 그렇게 펼쳐지는 것이 우리 인생이고, 운명이며, 우리는 계속 기도하면서 그것을 받아들여야 한다고 말했다. 어머니에게는 희망을 잃는 것이 죄였다. 비가 오나 바람이 부나 눈이 오나, 심지어 '토요일 밤마다 열린 아프리카식 잔치 이후 얻은 숙취'로 정신이 없을 때도 어머니는 일요일마다 생크리스토프 교회에 가서 그리스도에게 도움과 자비를 구했다.

　부모님이 이혼하면서 두 사람과 함께 이민했던 친척들은 모두 프랑스 전역으로 뿔뿔이 흩어졌다. 알자스 지역에 남은 사람은 우리뿐이었다. 처음에는 이 동네에 아프리카 이주민이 많지 않았다. 어머니는 혼자 지내는 것을 항상 꺼려했기에 공동체의 경계를 넘어 마그레브인, 터키인, 집시, 알자스인들과 빠르게 친분을 쌓았다. 이후 많은 콩고인 가족과 자이르인 가족이 이주해오면서 어머니는 남녀를 불문하고 여러 술친구를 두었다. 어머니를 중심으로 구성된 이 거대한 아프리카 집단은 차차 대리 가족이 되었다. 어머니에겐 리더 기질이 있었다. 이 멋진 흑인 여성의 환한 얼굴과 뚜렷한 이목구비는 남성에게도 위압감을 줄 만큼 큰 키와 당당한 체격과 함께 두드러졌다. 향수에 젖은 이 공동체에서 어머니는 자연스럽게 우두머리가 되었고, 누추한 우리 집은 항상 사람들로 붐볐다. 우리가 이모라고 부른 아주머니들은 비좁은 부엌에 모여 전통 요리를 만드는 데 여념이 없었다. 프랑코, 세뇌르 로슈로, 타부 레이, 파파 웸바, 그룹 자이코 랑가랑가가 펼치는 자이르 룸바록이 배경 음악이 되었다. 그때 내 콧구멍을 간질이던 포네두(카사바 잎) 냄새나 쌀, 밀가루, 혹은 카사바를 곁들인 마데수(소스로 버무린 흰콩) 냄새를 지금도 기억한다. 아주머니들은 누추한 아파트 방마다에 널린 크로낭부르나 칸테르브라우 상자를 넘어다니면서 마데수 요리를 전달하곤 했다.

에지가에 위치한 세 칸짜리 작은 집에서 살 때 우리 네 형제는 같은 방에서 자곤 했다. 가끔 집으로 놀러 온 사촌들이 거실에 있는 캐노피 침대에서 자고 가도 별로 신경 쓰지 않았다. 책상 하나 들어갈 공간이 없었기에 나는 침대 위에서 숙제를 하곤 했다. 이렇게 뒤엉켜 지내는 것이 크게 불편하지는 않았다. 다만 몸이 아플 때는 예외였다. 그럴 때면 어머니 방으로 피신할 수 있는 특권이 주어졌다. 뇌오프에서 우리는 세 번 이사했다. 이사할 때마다 집은 조금씩 커졌고, 손님을 받을 수 있는 공간도 늘어났다. 사춘기 시절까지 끝없이 계속된 아프리카식 잔치를 경험하면서 나는 부족 친화적인 성향과 함께 항상 큰 소리로 말하는 습관이 생겼다. 그리고 술에 대한 강한 혐오감도 갖게 되었는데, 이는 앞으로 살면서도 계속 그럴 듯하다.

콩고와 자이르에서 망명한 사람들의 삶은 선과 악, 희망과 체념 사이를 오갔다. 프랑스는 하나의 무대 혹은 하나의 정지 화면 같았다.

프랑스에서 망명자들은 그저 연기자에 불과했다. 영혼 없이 떠도는 아프리카의 파편일 뿐이었다. 집단 주택지의 비옥한 토양 위에서 나는 이렇게 소외된 문화를 받아들이며 성장해야 했다.

아버지가 완전히 떠나고 스테판이 태어난 뒤 얼마 지나지 않아 이 구역에 여러 공동체가 공존한다는 사실을 확실히 깨달았다. 그중에는 특히 모로코인과 터키인으로 구성된 공동체가 많았다. 이런 환경에서 우리 가족의 운명이 펼쳐졌다. 콩고로부터 멀어진 어머니는 이제 자신이 살고 있는 나라를 더 가까이했다. 가족이 다시는 콩고에 가지 못할 것임을 알고 있었기에 자식들이 프랑스를 좋아하길 바랐다. 내가 프랑스를 진심으로 좋아하면 프랑스도 나를 좋아할 수밖에 없을 것이라고 누차 이야기했다. 어머니는 "사랑 안에서만 기회가 생기는 법이야"라고 습관적으로 말했다. 어머니는 나를 통해 자신의 소망을 이룰 수 있을 것이라고 생각하셨던 게 틀림없다. 다른 자식들에게 말할 때와는 전혀 다른 방식으로 내게 말하셨기 때문이다.

―――

하지만 어머니의 조언은 내가 여덟아홉 살부터 시작한 소위 '어리석은 짓'을 막지 못했다. 처음에 나는 슈퍼마켓 통로 모퉁이에서 사탕만 훔쳤다. 이 정도면 집단 주택지에서 평범한 행위였다고 할 수 있다. 그다음에는 몇몇 친구와 함께 스톡펠드나 간조 구역에 있는 '부르주아'의 집을 털었다. 아, 그렇다고 심한 짓을 하진 않았다. 공사 중인 건물의 비계를 기어오른 다음 살짝 열려 있는 창문을 통해 건물 안으로 들어가 자질구레하고 그저 그런 물건만 훔쳤다. 가끔 발코니에 널려 있는 옷을 훔치고는 좋아하기도 했다. 그다음 단계로 우리는 수요일 이나 토요일에 수영장으로 가는 길에 떼를 지어 재미 삼아 또래들을 덮쳤다. 대상은 주로 다른 동네에서 온 백인 애들이었다. 우리는 간식 거리나 옷, 그리고 운이 좋은 날에는 쌈짓돈까지 빼앗았다. 그중 두세 번은 그 아이에게 부모가 외출한 자기 집으로 우리를 데려가게 한 다 음 그곳을 털었다. 새해 전날 밤은 항상 동네 구멍가게를 털 수 있는 절호의 기회였다. 사방으로 터지는 폭죽과 불꽃놀이보다 아주 약간 더 큰 소리를 내는 사제 폭탄을 이용해 우리는 몰래 뒷문으로 들어가 사탕, 껌, 초콜릿 등을 가방에 채워넣었다.

　이 모든 행위가 집단 주택지의 또래들 사이에서 정말 흔한 일이었 기에 우리는 심각하게 여기지 않았다. 하지만 내 뛰어난 학업 성적과 는 어울리지 않는 짓이었다. 당시 40대 노처녀로 커다란 안경알 뒤에 험상궂은 표정을 짓곤 하던 셰페르 선생님은 자기 제자들이 지식의 문을 통해 집단 주택지에서 벗어나기를 바랐다. 셰페르 선생님은 내 가 가진 풍부한 가능성을 확신해 마지않았다. 어머니에게 이 점을 집 요하게 강조한 것은 물론 내가 생트안 가톨릭 사립 중학교에 저렴한 비용으로 입학할 수 있도록 자신의 인맥을 총동원하기까지 했다. 그 학교는 엘리트 학생을 위한 기관이었기에 나 이전에 그곳에 들어간 뇌오프 출신 어린이는 아무도 없었다. 셰페르 선생님 덕분에 결국 나는 집단 주택지를 벗어나 다른 세계로 들어갈 수 있었고, 이때부터 나의 모순적인 행위들은 정말 문젯거리가 되기 시작했다. 내가 남몰래 꾸준히 했던 비행은 학교 친구는 물론 어머니도 알면 안 되는 것이었다. 나는 반드시 그들에게 모범적인 학생이자 아들로 남아야 했다. 이렇게 이중생활을 하는 동안 다행히 카세트테이프를 훔친 것을 제외하고는 한 번도 경찰에 걸리지 않았다. 덕분에 중학교 첫해 동안 '모범생'이라는 정당하지만 단편적인 평판을 유지할 수 있었다. 내가 사는 집단 주택지의 아이들 중에 이런 기회를 얻는 경우는 거의 없었고, 그 기회를 현실화한 경우는 더더욱 없었다. 생트안에 다니는 500여 명의 학생 가운데 위미트와 나만 외국 출신이었다. 터키 출신인 위미트도 뇌오프에 살았다. 내가 유일한 흑인에다가 가장 가난했기에 그렇게 공부를 열심히 했던 건 아니다. 설욕을 해야겠다는 생각도 없었다. 나는 그냥 학교가 좋았다. 더 이상 무슨 말이 필요하겠는가! 이중생활 때문에 스스로 도덕적 갈등을 느낀 적도 없었다. 내가 가진 모범생 이미지를 잃지 않으려는 현실적인 문제뿐이었다. 내가 학교 밖에서 저지르는 시시한 비행들은 내 눈에는 그리 '나쁜 것'으로 보이지 않았다.

중학교 2학년 때 가장 기억에 남는 분은 르보르뉴 선생님이다. 그 선생님은 영어 과목을 담당했는데, 토요일 오전마다 종교 문화도 가르쳤다. 예레미야 같은 구약성서의 예언자를 이야기할 때나 알랭<sup>Alain</sup> 프랑스 철학자 에밀오귀스트 샤르티에의 필명이나 볼테르 같은 철학자를 이야기할 때나 그의 지도 열정은 한결같았다. 선생님은 매주 성서나 『교육론』 『권력론』 『캉디드』의 일부를 학생들에게 읽도록 한 뒤 해설을 덧붙였다. "삶을 현실적으로 살아야 해." 그의 쉰 목소리는 지금도 내 귓가에 맴돈다. 장대한 체격과 덥수룩한 머리를 가진 이 남자는 40대의 연륜으로 근엄한 분위기를 자아냈고, 얼굴을 까맣게 덮은 수염은 그런 분위기를 더했다. 선생님의 지도 방식은 그의 외모와 잘 어울렸다. 특히 영어를 가르칠 때 더욱 그랬다. 선생님은 잡담은 물론 귓속말도 용납하지 않았고, 학생들에게 위압감을 주는 것을 즐기는 듯했다. 자신에게 심하게 혼난 학생이 울고 있는 모습을 보면 미소를 감추지 않았다. 하지만 이처럼 유별난 엄격함은 토요일마다 우리에게 보이는 모습을 통해 사라지는 건치레였다. 내 기억 속 선생님은 화려한 색감의 라싱 클럽프랑스 축구 클럽 운동복을 입고 다녔다. (그 운동복은 대개 같았다. 그가 같은 옷을 여러 벌 갖고 있거나, 잘 안 갈아입었을 것이다.) 그리고 파랗고 반들반들한 벽으로 둘러싸인 교실을 성큼성큼 걸어다니며 축구팬 못지않은 활기로 성서의 한 구절을 암송하다시피 했다.

내가 태어난 날이 저주를 받았다면! 어머니가 나를 낳던 날이 축복받지 못했다면! 아버지에게 '당신이 아들, 사내를 낳았어요!'라고 이 소식을 전하며 아버지를 즐겁게 하던 자가 저주를 받았다면. (…) 왜 내가 태어나서 고통과 슬픔을 겪으며 수치스러운 나날을 보내는가?

_예레미야서 20장, 15~18절

이 중 생 활
—

이 희한한 광경은 강렬한 인상을 남겼다. 선생님이 이 구절을 학생이 아닌 자신을 위해 읽는다는 느낌이 들었다. 그런 느낌이 들 만큼 이 구절을 암송하면서 선생님은 흥분했다. 시적 흥분에 무감각한 학생들조차 적어도 두 가지 이유로 종교 수업을 즐겼다. 읽거나 듣는 것 외에 딱히 하는 것 없이 한 시간이 지나갔고, 무엇보다 종교 수업은 주말이 임박했음을 암시했기 때문이다.

이즈음 나는 내 언변과 어느 정도 당당한 태도를 통해 내가 다른 사람에게 영향을 미칠 수 있다는 걸 인식하기 시작했다. 당연히 이런 특성은 내 지적인 수준을 드러내는 증거라고 해석했다. 나는 '고급' 친구들과 동네의 '어린 깡패들' 속에서 쉽게 두각을 나타냈다. 후자의 범주에서는 그저 어린 녀석이 아니라 그 이상의 존재로 인식되었다. 이를 통해 나는 내 능력에 확고한 자신감을 가졌다. 이 자부심은 한편으로는 우수한 학업 성적에 근거했고, 다른 한편으로는 소매치기를 통해 증명된 뛰어난 외적 역량에 뿌리내리고 있었다.

실제로 뇌오프는 순식간에 소매치기 양성소로 변했다. 이 현상을 만든 원인은 지금까지도 잘 모르겠다. 소매치기범들은 모두 거의 동일한 방법을 썼다. 이 방법을 구사하려면 세 명의 구성원이 필요했다. 첫 번째 사람은 가방이나 주머니에 있는 지갑을 '훔쳤다'. 그러는 동안 두 번째 사람은 피해자가 자신에게 관심을 둔 상태에서 움직이지 않도록 그 사람을 '막았다'. 세 번째 사람은 주변의 시선으로부터 첫 번째 사람을 보호하기 위해 몸으로 가렸다. 이 기술은 대중교통 안이나 혼잡한 상황에서 피해자가 전혀 알아채지 못하게 아주 빠르고 교묘히 쓰였다. 물론 이런 활동을 하기에 좋은 곳은 따로 있었다. 스트라스부르 대성당 주변, 프티프랑스 구역, 도심의 관광지가 대표적이다. 여기에서는 인파가 조금이라도 몰리면 작업이 수월했다. 우리가 가장 좋아하는 먹잇감은 관광버스를 타고 온 독일인 단체 관광객이었다. 프랑스인들과 달리 독일인들은 수표나 신용카드를 잘 갖고 다니지 않고 주머니에 항상 마르크 뭉치를 넣고 돌아다녔기 때문이다.

지갑에 현금을 가득 채우고 다니는 관광객들과 장을 보러 나온 주민들이 인산인해를 이루는 토요일은 일주일 중 가장 중요한 날이었다. 치밀하게 배치된 서른 명 정도의 어린 소매치기들이 오후 동안 남몰래 각자의 재능을 펼쳤다. 사복 경찰을 약간 조심해야 했지만 그게 전부였다. 경찰은 수가 항상 적어서 별 힘을 쓰지 못했다. 우리는 전부 미성년자였기에 경찰에 걸려도 하룻밤 구류되는 게 끝이었다. 매주 토요일 르보르뉴 선생님의 수업이 끝나고 11시가 되면 나는 미제 배낭을 메고 집과 반대 방향으로 가는 버스를 탔다. 그렇게 '작업을 하러' 갔다. 버스 카드를 갖고 다니며 최고의 손님들이 모인 곳마다 내려서 나의 재능을 펼쳤다. 누르딘과 투피크가 나와 함께했다. 누르딘은 폴짝폴짝 뛰는 것처럼 걸어서 '개구리'라는 별명이 붙여졌고, 투피크는 여자애들한테 인기가 많아서 '꽃미남'이라고 불렸다. 두 사람은 항상 버스 뒤 같은 곳에 앉아서 마리화나를 말거나 피우고 있었다. 그렇게 셋이 돌아다니면 각자 500~1000프랑 정도를 벌었고, 경우에 따라 더 벌 때도 있었다.

우리 구역에서 소매치기가 되면 비행의 위계 서열에서 확실한 위치를 점할 수 있었다. 그때는 우리가 너무 어렸기에 그렇게까지 무시무시한 강도를 보진 못했다. 비행 실력은 연차와 아무 상관이 없었다. 우리는 모두 적어도 한 가지 종목에서 뛰어난 실력을 발휘했다. 난 이미 무단 침입도 몇 번 했고, 상점도 여러 번 털었고, 폭력까지 써서 물건을 훔친 적도 많았다. 자전거와 모페드는 되팔기 쉬웠기에 개인적으로 선호하는 물품이었다. 그때 나는 동갑내기 세 명과 함께 조그마한 악질 패거리를 만들어 활동했다. 푸른 눈과 연한 색의 머리카락을 가진 마지드는 겉보기에는 생기 없는 녀석이었고, 할리드는 말을 할 때 항상 욕이나 야한 비유를 써대던 녀석이었다. 그리고 무사는 머리가 크고 터키 노동자와 같은 손가락을 갖고 있던 녀석이었다. 이들 중에서 나는 오직 나하고만 말을 섞을 정도로 소심했던 마지드를 제일 좋아했다. 하지만 마지드는 시도 때도 없이 침을 뱉는 안 좋은 버릇이 있었다. 가게나 쇼핑센터에서도 침을 뱉고 다녀서 집 안에서 침을 뱉지 않도록 주위에서 말리곤 했다.

처음에 얼마를 벌었는지 확실하게 기억나지는 않는다. 그래도 우리가 보루째 훔친 담배를 일요일이나 공휴일에 거리에 있는 어른들한테 하나씩 되팔았던 건 확실히 기억한다. 그 '어른들'은 우리를 교도소에 가고 싶어서 시내로 '작업하러' 다니거나 적어도 한 번은 소년 법원에 다녀온 아이들이라고 여겼다. 베트남인들, 특히 독주 종류를 좋아하는 사람들한테 팔아넘기려고 동네 바깥에 있는 슈퍼마켓에 가서 위스키를 훔치기도 했다. 하지만 수익성을 높이기 위해 우리는 좀더 머리를 굴려서 다양한 방법을 마련해야 했다. 우리는 지렛대를 들고 다니면서 일부 부르주아 구역에 있는 지하 창고들을 털었다. 그곳에 자전거, 103 스쿠터푸조가 1971년 프랑스에서 최초 출시한 모페드 모델가 가득하다는 것을 알고 있었기 때문이다. 모터가 달린 이륜차는 제조 번호를 없앴고, 자전거는 스프레이로 다시 색만 입히면 끝났다. 게다가 각자 특기를 살려서 여러 집을 돌아다니며 물건을 훔치고 되팔았다. 이 정도면 내가 열두 살 때부터 생활비를 꽤 벌었다는 걸 눈치챘을 것이다.

주중에 우리는 함께 버스를 타고 각자의 학교로 향했다. 중학교에 다니는 사람은 나밖에 없었다. 내가 자주 어울리던 녀석들은 모두 직업 학교나 기술 학교의 수습생이었다. 하지만 대부분이 걸핏하면 수업을 빼먹었다. 우리는 맨 뒷자리에 앉아 버스 안을 말버러나 아프간 하시시 연기로 가득 채우곤 했다. 하지만 나는 둘 다 하지 않았다. 그 녀석들이 매일 같이 하자고 권유했지만 내 거부는 당연하면서도 정당한 일이었다. "됐어, 새끼들아, 나 학교 가야 돼. 난 주말이랑 방학 때만 '작업'하잖아." 이렇게 대놓고 얘기하면 다들 웃어줬다. 다들 내가 사립 중학교에 다니면서도 꾸준히 비행을 저지르는 모습에 깊은 인상을 받은 듯했다. 그 녀석들은 나를 학교에 열심히 다녀야 성공할 수 있다고 믿는, 살면서 얻은 기회를 활용하지 못하고 '거지처럼' 옷을 입고 다니는 '익살꾼'들과 혼동하지 않았다. 지적이면서도 존중할 만한 사기꾼이라는 이 희한한 인물상이 상당한 호감을 불러일으켰을 것이다.

그러던 어느 토요일, 나를 기다리던 개구리와 꽃미남 옆에 사이드가 서 있었다. 코모로 출신 흑인인 사이드는 세르주 갱스부르20세기 후반 프랑스 대중음악을 대표하는 싱어송라이터 표정을 흉내 내며 마리화나를 피우곤 했다. 당시 그는 우리 동네로 이사온 지 얼마 안 된 상황이었다. 난 이미 이 친구가 순둥이는 아니라는 걸 알고 있었다. 내가 사이드를 알게 된 건 1년 전이었다. 당시 사이드는 메노에 살고 있었다. 메노는 큰 공원을 끼고 우리 동네 맞은편에 있는 구역이었다. 메노에는 니콜라라는 이름의 작은 백인 아이도 살고 있었는데, 내가 나타나기 전까지 잘사는 중학생들을 괴롭히던 애였다. 나는 한 수 가르친다는 마음으로 니콜라를 여러 번 쥐어짰다. 그 과정에서 값비싼 소니 워크맨까지 뺏었다. 그런데 그 워크맨의 원래 주인이 사이드였다. 불행히도 사이드와 니콜라의 큰형은 메노에서 가장 폭력적인 집단에 속해 있었다. 이 사실을 통해 복수의 기회를 잡은 니콜라는 보복당하고 싶지 않으면 워크맨을 돌려달라고 엄포를 놓았다. 하지만 나는 체면뿐 아니라 나름대로 원칙도 있었기에 니콜라의 요구를 거부했다. 결국 나보다 최소 네 살이 더 많은 사이드가 기본 매너를 전파하려는 목적으로 친구 한 명과 함께 생트안 중학교 입구에서 나를 기다렸다. 버스정류장 앞에 서 있던 니콜라는 학교 운동장을 벗어나던 나를 발견하고는 거의 처음 보는 두 남자애를 손가락으로 가리켰다. 그때 난 내 운명이 그렇게 끝나는구나 하고 생각했다. 두 사람이 내게 다가왔을 때 처음으로 사이드의 얼굴을 똑똑히 봤다. 하지만 사이드 옆에 있던 친구의 얼굴로 시선을 옮기자 그 친구와 나는 동시에 웃음을 터뜨렸다. 그는 뚱보 라시드였기 때문이다. '오리'라는 별명으로도 불리던 라시드는 내 이웃이자 형 아르노의 절친한 친구였다. 결국 모든 일이 빠르게 정리되었다. 운이란 인간으로부터 떼려야 뗄 수 없는 것이다. 우리가 운을 얻지 않았다면 운이 우리를 정하지 못한 것이다. 그날 나를 위기에서 구한 우연의 일치로 인해 그런 확신은 좀더 굳어질 수밖에 없었다.

그로부터 1년 뒤, 토요일마다 도심으로 '작업'을 가려고 날 기다리던 개구리, 꽃미남 옆에 사이드가 있었다. 사이드는 내 옆에 앉더니 미소를 지으며 이렇게 얘기했다. "너네 셋이 벌이는 일을 망치려고 왔어. 어떻게 생각하냐?" 나는 관심 없다는 표시로 오만상을 지으며 어깨를 으쓱했다. 관광객들이 몰리기로 유명한 성당 앞에 다다랐을 때 우리는 이미 한창 작업 중이던 다른 3인조와 맞닥뜨렸다. 그중에 나디르가 있었다. 이 작고 연약해 보이는 카빌리아 친구를 오래전부터 알고 있었지만 같이 작업해본 적은 없었다. 나디르는 상위 리그에서 뛰고 있었다. 당시 나디르는 열다섯 살, 그러니까 나보다 겨우 두 살 많았던 것 같은데, 이미 전설이 되어서 사람들 사이에 회자되고 있었다. 혼자 힘으로 하루에 1만5000프랑 정도를 벌어들였기 때문이다. 모두 나디르를 '황금 손'이라 불렀다. 나디르가 손가방 하나만 건드리면 바로 잭팟이 터졌다. 이런 저주는 나디르의 전매특허였다. 남자아이들은 나디르와 함께 일하려고 안간힘을 썼지만 나디르는 자기 팀에 세 명 이상의 인원은 절대 받아들이지 않았다. 그런데 바로 그날, 우리는 예외였다. 처음에 나는 나디르가 나를 높이 평가해서 그런 줄 알았다. 이제 우리 경력에 전환점이 될 만한 돈은 절대 손대지 말아야 했다. 그때까지 개구리와 꽃미남과 나는 작은 동전 지갑을 재미 삼아 훔치고 다녔다. 그런데 나디르한테 신임을 얻자마자 무법자가 되면서 위험한 생각에 빠져들었다. 우리를 흥분시킨 건 대부분 그런 생각이었다. 나중에 사이드에게 들은 바에 따르면, 그때 나디르와 사이드는 우리 세 사람을 이용해서 흔적을 지우려고 했다고 한다. 며칠 전부터 사복 경찰들이 두 사람을 쫓고 있었기 때문이다. 그리고 그날 우리가 건수를 올리고 있을 때 나디르가 지갑에 있던 돈을 미리 빼돌렸다는 게 사이드의 얘기였다. 나중에 나디르를 만났을 때 사이드가 자신을 굳게 믿고 있어서 자신이 돈을 더 쉽게 빼갈 수 있었다는 말을 직접 듣자 내가 느낀 경악은 감탄으로 이어졌다.

생트안에 다니면서 현명한 어린이가 되는 법을 배우고, 그것을 르보르뉴 선생님과 함께 고민하며 학업에 재미를 붙이면서 완벽한 이상을 세웠다. 하지만 동시에 나는 뇌오프의 어린 불량배로 살기도 했다. 완전히 상반되는 두 세계가 마주한 곳에서 계속 자신의 이면을 경험하고 있던 셈이다. 내가 일체성을 되찾기 위해 노력할 만한 곳은 내면의 의식이 만든 상아탑밖에 없었다. 난 현실로부터 거리를 두고 나를 보호했다. 더 이상 다른 방식으로 살아갈 능력이 없었기에 서로 상반된 가치를 가진 위계질서를 동시에 지키려고 하면서 자아를 계속 갈등하게 만들었다. 나는 지극히 개인적인 신앙관을 가진, 다른 사람들보다 꾀가 많은 불량배였다. 돈도 많이 벌면서 경찰한테도 잡히지 않게 해달라고 신에게 기도하는 그런 인간이었다.

———

열네 살이 되던 해에도 계속 소매치기 기술을 연마했다. 주로 개구리, 꽃미남과 함께였다. 나중에 꽃미남은 질투의 뜻을 담아 '셰모 Chemo'(프랑스어 'moche(못생긴)'의 음절을 뒤집은 은어)라고 불렀다. 나는 이 두 조수와 함께 도심에서만 '작업'하는 동시에 '인근 작업'에도 뛰어들어 마지드, 할리드, 무사와 함께 집단 주택지에서 형성된 마약 유통 전선에 가담했다. 무사에게는 형이 한 명 있었는데, 그가 개인적으로 구입한 마약의 양은 어린 마약상 여러 명에게 공급할 수 있을 만큼 엄청났다. 우리는 한 주에 마약 두세 대씩, 그러니까 망망대해에서 물 한 방울에 불과한 양만큼 몰래 빼돌린 뒤 일정량의 헤나에 섞어 끓였다. 그런 다음 그걸 말려서 작은 뭉치로 만든 뒤 담배와 섞었다. 이렇게 완성된 제품은 모두 작은 플라스틱 용기에 담은 후 그때까지 마약을 전혀, 혹은 거의 피워본 적이 없는 우리 또래들에게 팔았다. 이런 사기는 여러 달이 지나면서 발전을 거듭했다. 집단 주택지에 사는 한 어른이 긍정적인 의견을 내놓은 것이 가장 큰 힘이 됐다. 우리가 판 혼합 제품을 피운 그가 주변 사람들에게 이와 똑같은 걸 자메이카에서 피워봤다고 단언했던 것이다. 나는 이 제품이 콩고산이라고 말하며 이를 의심하는 손님이 없도록 확신을 심어줬다.

난 이런 과외활동에서도 지식을 갈구했다. 새로운 수법을 하나씩 깨치고 나면 다른 것을 또 배우고 싶었다. 그렇게 내 능력의 범위를 넓히려는 과정에서 처음으로 10대 시절 저편에 죽음의 그림자가 드리워지고 있음을 느꼈다. 이미 훔친 차량에도 여러 번 올라타보고 자동차 '배신' 작업에도 참여해봤지만 운전하는 법까진 몰랐다. 나 혼자 작업을 하려면 운전을 배워야 했다. 집단 주택지에 살던 차량 절도범 중 상당수가 '직무 수행' 중에 숨지면서 당대는 물론 후대까지 이름을 남겼다. 그런 사례는 내가 그들이 남긴 발자취를 따르도록 부추겼다. 그들처럼 위신이 서고, 범죄에 능한 사람이 되길 바란다면 그 절차를 반드시 따라야 했다. 이샴은 에지가에 위치한 우리 집 맞은 편 건물에 살고 있었다. 당시 에지가에서는 밀매가 집중적으로 벌어지고 있었고, 이샴에게는 차량을 절도한 경험이 있었다. 이샴은 몰래 나에게 운전을 가르치려고 했다. 어느 날 오후, 계단에서 이샴이 오기만을 기다렸다. 해가 질 무렵에서야 나타난 이샴은 자신이 프티프랑스에 있는 고급 주택가에서 푸조 405 MI16 흰색 모델을 찾느라 하루 종일 고생했다고 늦은 이유를 설명했다. 그 일이 있고 나서 이샴이 우리 집 앞에서 클랙슨을 울렸을 때 나는 더 이상 그와 동행하고 싶지 않았다. 그 이유는 지금도 잘 모르겠다. 결국 이샴은 나를 욕하면서 홀로 길을 나섰다. 이후 이샴을 본 사람은 아무도 없었다. 그날, 몇 시간 뒤 이샴은 오토바이 경찰 대원들에게 걸려 쫓기는 신세가 되었다고 한다. 당시 광적인 질주를 목격한 몇몇 사람은 그때 이샴이 운전을 아주 잘했다고 말했다. 하지만 그런 이샴도 사고를 피할 수는 없었다. 차가 폭발하면서 이샴은 그 자리에서 즉사했다.

————

그 당시 나는 한 켤레에 700프랑이 넘는 나이키나 아디다스 신상품 신발을 신었고, 필라나 엘레세에서 나온 최고가 트레이닝복을 입었다. 대부분 프랑스에서는 구할 수 없고, 독일이나 스위스에 가야 구할 수 있는 제품들이었다. 우리는 일요일 오후마다 문을 여는 '천국'이라는 디스코텍에 가서 죽치다 오곤 했다. 그 유흥업소에는 범죄에 익숙한 악질들만 모여들었다. 뇌오프, 엘소, 크로낭부르, 오트피에르, 쾨니크쇼펜, 메노, 심지어 스트라스부르 역이 있는 구역에서도 마약 밀매자, 무기 소지자, 차량 절도범, 진열대 절도범, 들치기들이 몰려들었다. 그 유흥업소는 일종의 소굴이었고, 그곳에서 온갖 짓거리가 벌어졌다. 우리처럼 사는 애들이 좋아할 만한 여자애들을 옆에 끼고, 돈을 마구 쓰거나 샴페인, 위스키를 병째로 사서 누가 더 돈이 많은지 겨루곤 했다.

우리는 꽤 특이한 목적을 갖고 돈을 써댔다. 자신에게 돈은 더 이상 큰 문제가 아니라는 걸 모두에게 보여줘야 했다. 관대함은 부를 상징했다. 그래서 레스토랑에 있는 모든 친구에게 한턱을 내기도 했고, 무리 중에 교도소에 수감된 녀석들한테 꽤 많은 우편환을 보내기도 했다. 순식간에 자신도 그들과 동일한 상황에 놓일 수 있음을 의식할 수록 그 의무를 다하는 데 더욱 신경을 썼다. 하지만 우리 행동에 로빈 후드 같은 면은 전혀 없었다. 우리는 사회 정의에 뜻을 품고 움직인 게 아니다. 불법적으로 저지른 모든 활동은 철저히 우리 이익을 위한 것이었다. 우리는 그런 활동을 직업이자 생계 수단으로 아주 진지하게 여겼다. 애인이 있는 경우에는 금요일 저녁에 '꼬마 막심'이나 '악어'와 같은 아주 멋진 레스토랑으로 애인을 데려간 뒤 그날 밤을 호텔에서 보내는 것이 관례였다. 이튿날이 되면 우리는 나가서 오후 늦게까지 '작업'을 한 다음 애인이 기다리고 있는 호텔로 얌전히 돌아왔다. 그렇게 밤이 오면 우리는 또 다른 인기 유흥업소인 '샤를리'로 향했다. 그리고 일요일은 '천국'에서 마무리한 뒤 저녁 7시쯤 애인을 집에 데려다줬다. 물론 택시로 말이다.

나는 방학에만 그 일정을 따를 수 있었다. 겉보기엔 최소 열여덟 살은 되어 보였지만 여전히 키만 큰 열네 살짜리 천치였다. 게다가 내가 쓸 수 있는 돈의 범위는 좀더 한정적이었다. 내가 어머니한테 보여줘야 했던 전형적인 어린이의 이미지가 은밀한 활동을 의무화했다. 예를 들어 나는 스스로 의복 할당액을 설정한 다음 도심에서 또래 애들이 파격적인 가격에 내놓은 옷을 샀다고 말했다. 1000프랑 정도 되는 상품을 50프랑이라고 얘기하는 식이었다. 물론 은닉이 문제가 될 순

있었다. 하지만 모두가, 심지어 어머니 친구들조차 구역에서 그런 활동을 하고 있었다. 가장 귀찮았던 건 전혀 필요 없는 용돈을 어머니한테 달라고 해야 할 때였다. 내 수중에 어마어마한 돈이 오가는 걸 본 아르노는 자신에게 합리적인 이자를 붙여 돈을 주지 않으면 어머니한테 모든 것을 까발릴 거라고 위협했다. 협박은 여러 해 동안 이어졌지만, 나는 어머니가 내게 좋은 이미지를 유지하도록 돈을 쓸 준비가 되어 있었다.

뇌오프에서 범죄자가 된다고 모두 돈을 버는 것은 아니었다. 무엇보다 마음가짐이 중요했다. 정신이나 마음의 준비가 어느 정도 되어 있지 않으면 절대 불가능했다. 말을 잘한다고 되는 것도 아니었다. 중요한 건 능률이었다. 이 원칙을 증명하는 일화를 샤흐가에 살던 한 권총 강도 친구로부터 들은 적이 있다. 그 얘기를 잠깐 하자면, 어느 날 다른 집단 주택지에 살던 한 사내가 강도 계획이 잡혔다는 소문을 듣고 뇌오프에 등장했다. 그 친구는 우리가 믿던 한 녀석의 부탁으로 왕자처럼 등장해서는 자기 자랑을 끊임없이 늘어놓았다. 그의 말만 들으면, 일이 한번 터지고 나면 그는 모두의 칭송을 받을 것이 분명했다. 하지만 행동을 개시할 시간이 가까워지면서 그 친구의 말수는 점점 줄어들었다. 그리고 예정된 시일이 되자 그대로 주저앉고 말았다. 우리 날쌘돌이들이 자동차 밖으로 나가자마자 그 허풍선이는 바지에 똥을 지렸다. 비유적인 말이 아니라 문자 그대로…… 그랬다. 그 친구는 울음을 터뜨리면서 나서려고 하지 않았고, 다른 사람들은 들킬까

봐 그를 다시 차에 태워 재빨리 시동을 걸었다. 아주 세세한 부분까지 대비했지만 그렇게 난처한 경우까지는 아무도 생각하지 못했던 것이다. 그리고 몇 분이 지났을 때 사람들은 계속 울기만 하는 그 친구를 국도 한가운데에 내다 버렸다. 그전까지 이런 경우는 한 번도 없었다. 요즘도 집단 주택지 사람들은 그때를 떠올리며 웃곤 한다. 그렇게 그 친구는 뇌오프에 자신의 이름을 알리는 데 성공했다.

———

우리 세대는 메스린본명은 자크 메스린Jacques Mesrine. 1960~1970년대 프랑스를 중심으로 각종 범죄를 일삼으며 유명해진 희대의 인물이다. '천의 얼굴을 가진 사나이'라는 별명을 갖고 있으며, 1979년 파리 시내에서 경찰의 총격을 받고 즉사했다이 남긴 전설을 생생하게 기억한다. 메스린은 1970년대 공공의 적 1호였다. 여러 번 탈옥하긴 했지만, 우리에게 그는 예의 바르고 정정당당한 인물, 강력 범죄의 1인자였다. 메스린은 내가 살던 구역에서 진정한 범죄자를 가리는 절대 기준으로 군림했다. 진정한 범죄자라면 메스린처럼 엄격함, 공정함, 패기, 그리고 무엇보다 존중이 바탕이 된 윤리를 갖춰야 했다. 일상에서도 일을 할 때처럼 유능하고 사려 깊은 '호인'처럼 행동하는 것이 중요했다. 이 규율을 지키는 사람은 절대 불안을 느끼지 않았다. 그런 사람들이 세운 계획은 혼란이나 피를 동반한 복수로 끝나지 않았다. 그들은 분쟁이 일어나면 남자 대 남자로, 맨손으로 붙어서 해결했다.

경찰 역시 이 규칙을 따랐다. 상대를 비난할 일이 없고 상대가 예의 바르게 행동하는 한 경찰은 가만있었다. 한번은 사람들이 어슬렁거리는 거리를 경찰 밴이 순찰하고 있었다. 밴이 가까이 오자 한 사람이 "경찰을 죽여라!"라고 외쳤고, 밴은 그 자리에서 급정거했다. 그리고 경찰 세 사람이 밴에서 내렸다. 그중 한 사람이 "누가 그렇게 얘기했어?"라고 소리쳤다. 그런데 아무도 대꾸하지 않자 그 경찰은 돌아가는 척했다. 그때 그의 등 뒤로 한 사람이 소리쳤다. "배지랑 총이 없으면 그렇게 큰소리 못 칠걸!" 그러자 그 경찰은 서슴지 않고 모자와 배지를 버린 뒤 무기를 동료에게 맡겼다. "자, 나와. 남자 대 남자로 붙는 거야." 그러자 상대는 눈썹 하나 까딱하지 않고 도전에 응했고, 싸움은 비교적 팽팽하게 진행되었다. 몇 분 후 경찰이 상대를 제압했다. 그런 다음 밴이 멀리 가버릴 때까지 누군가 돌을 던지지도 않았고, 폭동이 일어나지도 않았다. 당시 양쪽에는 여전히 도덕적 의리가 지켜지고 있었다. '존중'이 최우선 사항이었고, 특히 같은 지역에 사는 부모, 선배, 연장자에 대한 존중이 중요했다. 이건 우리가 거침없이 행동하는 최악의 불량배들이라서 그런 게 아니었다. 어른들이 차례로 마약의 지옥에 빠지기 시작하면 모두가 곧 풍비박산되기 때문이다.

앞서 얘기한 것처럼, 나는 절대 대마초를 피우지 않았다. 재미로 친구에게 마리화나를 말아줄 때도 나는 하지 않았다. 술도 거의 안 마셨다. 비즈니스를 할 때 최악의 구성원은 뭔가에 중독되는 사람이라는 걸 거리의 모두가 알고 있었다. 그래서 나는 깔끔한 상태를 유지했고, 그 누구보다 오랜 시간을 버텼다. '황금 손' 나디르를 보면서 이 사실을 깨달았다. 하지만 마약은 곧 뇌오프에도 모습을 드러냈고, 우리 집단에 심각한 폐해를 남겼다. 집단 주택지의 어른들이 소형 이륜차의 타이어 튜브를 수리할 때 쓰이는 강력 접착제를 봉지에 넣고 들이마시면서 강한 쾌감을 느끼는 모습을 일고여덟 살 때부터 목격했다. 이 유행이 금방 지나가자 다들 대마초나 술에 열중하기 시작했다. 많은 사람이 독일, 네덜란드, 스위스 등지에 주기적으로 건너가 '작업'을 한 것은 물론 매춘부와 즐거운 시간을 보내곤 했다. 그들은 타지에서 맛본 쾌락을 연장하기 위해 헤로인을 갖고 돌아왔다. 이렇게 들어온 헤로인은 삽시간에 퍼졌다.

주중에 정오에서 오후 2시 사이가 되면 뚱보 라시드가 학교로 가는 버스를 같이 타려고 나를 찾아오곤 했다. 라시드와 형의 사이는 이미 오래전부터 틀어져 있던 상황이었다. 라시드가 다니는 고등학교는 내가 다니는 중학교보다 여섯 정거장을 더 가야 했다. 그러던 어느 날, 버스를 타기 전에 라시드는 나한테 '뭔가'를 꼭 보여주고 싶다고 얘기했다. 그러더니 자신이 살던 건물의 지하로 나를 데리고 갔다. 나디르를 비롯해 마지드, 할리드, 무사를 제외하고, 내가 도심에서 작업을 하면서 가깝게 지낸 모두가 거기서 코로 마약을 들이마시고 있었다. 나중에 그들의 기력을 보니 코카인 같았다. 나는 넋이 나가고 말았다. 주위 사람들 사이에 도는 소문과는 상관없이 그때까지만 해도 모두 '죽음'이라 불리는 그것에 손대기를 꺼렸다. 그때 그것이 정신적으로나 육체적으로 헤로인보다 아주 덜 해로운 코카인이었다고 해도 모두가 그 악행을 통해 헤로인을 향한 문으로 들어가고 있었던 셈이다. 이것이 진짜 비극이었다. 그리고 가장 큰 비극은 마약에 처음 손을 댄 사람들의 몫이었다. 이런 결과를 초래한 원인은 두 가지였다. 하나는 네덜란드 여행이 계속되었다는 것, 그리고 좀더 중요한 하나는 영화 「스카페이스」였다.

이 영화의 실제 주인공인 (알 파치노가 탁월하게 연기한) 토니 몬타나는 미국으로 망명한 쿠바 이민자로서 평범한 마약 밀매자로 일을 시작해 끝내 범죄 피라미드의 꼭대기에 오른다. 이 과정에서 전국의 모든 코카인이 그의 코로 들어간다. 위대한 메스린은 저리 가라였다. 토니 몬타나가 집단 주택지에 살던 수많은 사내에게 얼마나 절대적인 본보기가 되었는지 모를 것이다. 어떤 사람들은 대사까지 속속들이 외우고 있었다. 나는 이런 현상이 두려웠다. 어떻게 영화 한 편이 그렇게 많은 폐해를 가져올 수 있는지 이해가 가지 않았다. 나도 그런 병적인 유혹에 굴복할 위험이 분명히 있었기에 친구들이 그 영화를 수없이 돌려 보는 동안 함께 보지 않으려고 온갖 변명을 둘러댔다. 시간이 꽤 흐른 뒤에야 이 명작을 감상했다.

「스카페이스」가 아주 극단적인 경우라 해도 영화는 일반적으로 우리 행동, 사고방식, 가치관, 상상의 세계를 만드는 모든 것에 확실히 영향을 미쳤다. 아마 그런 작품 중 하나로 「보이즈 앤 후드」를 언급하는 사람도 있을 것이다. 미국의 흑인 감독인 존 싱글턴이 만들고 래퍼

겸 배우인 아이스 큐브가 출연한 이 영화는 로스앤젤레스에서 가장 위험한 흑인 빈민가에서 일어나는 비극적인 일상을 담았다. 흑인 배우 웨슬리 스나이프스가 출연한 「뉴 잭 시티」는 「스카페이스」의 뉴욕 버전이었다. 「할렘가의 아이들」과 같은 힙합 영화나 「브레이킹」과 스파이크 리 감독의 「맬컴 엑스」를 제외하면, 영화는 우리에게 정말 나쁜 영향을 줬다. 우리 열망과 일상이 '나쁜 놈들'의 생활 방식과 일치했음은 두말할 필요도 없다. 참고할 거리가 부족했던 우리는 카리스마 넘치는 인물들과 우리 사이에 거리를 둘 만큼 성숙하지 못했다. 마지막에 그 사람들이 죽으면 우리는 그게 영화라서 당연히 그런 거라고 생각했다. 실제 인생에서 그 역할을 맡은 사람은 바로 우리였고, 그때까지 우리는 항상 이기기만 했다. 세상이 영원히 우리 발밑에 있을 것처럼 보였다. 우리처럼 생각하지 않는 사람들을 모조리 얕잡아 보았다. 「스카페이스」의 이야기는 이런 배경 속에서 펼쳐졌고, 바로 '이' 영화야말로 그 망상에 완벽히 들어맞았다. 당시 내가 지하세계에서 만난 대부분의 녀석은 지금 이 세상에 없다. 몇몇은 에이즈로 죽었지만, 대부분 약물 과다 복용으로 숨졌다.

압드 알 슬람의 사례는 중독성 강한 마약이 끔찍한 상황을 일으킨다는 것을 잘 보여준다. 그는 나와 같은 건물에 살았지만 다른 입구를 썼다. 어느 날 약물 중독 치료소에서 몇 달을 보내고 막 돌아온 그를 봤을 때, 그가 사용한 입구는 부엌 창문이었다. 계단으로 향하던 그의 모습은 비교적 건강해 보였다. 이런 생각에 정신이 팔려 있을 때 어머니가 구멍가게에 가서 무엇을 좀 사오라고 내보냈다. 그렇게 심부름을 하고 돌아왔을 때 구급차, 경찰 호송차, 구경꾼들이 우리 집 건물로 가는 길목을 가로막고 있었다. 나는 군중 속으로 슬그머니 끼어들어서 무슨 일이 있는지 살폈다. 압드 알 슬람이 치료소에서 나오자마자 자전거 보관소에서 몸을 숨긴 채 다량의 헤로인을 투약했던 것이다. 집단 주택지에서 그렇게 죽은 사람은 그가 처음이었다. 불행히도 이후 여러 사람이 그의 전철을 밟았다. 지하실에서 본 끔찍한 오후의 장면과 압드 알 슬람의 경우와 같은 수많은 비극이 머릿속에 깊이 새겨졌다. 마약을 하지 않는 녀석들과 팀을 꾸리는 건 점점 더 어려워졌다. 나날이 상황은 악화되었고, 비극은 일상이 되었다.

그러던 어느 날 저녁, 나와 개구리와 세모는 우리가 입장하는 것을 항상 저지하던 한 나이트클럽에 가기로 마음을 먹었다. '처진 입술'이 입구에 있었다. 이 사람은 항상 침을 튀기며 말을 했고, 무엇보다 입술이 커서 그런 별명을 갖고 있었다. 처진 입술은 몇 주 동안 보지 못한 자신의 여동생의 집에 다 같이 가서 한두 시간만 있다가 온다는 조건으로 우리를 나이트클럽에 데려가기로 약속했다. 처진 입술의 여동생이 사는 구역은 쾌적했고, 아파트도 멀쑥했다. 문을 연 사람은 여동생의 남자친구였다. 두 사람은 이제 막 식사를 마친 듯했다. 그리고 서너 살 먹은 아이 하나가 집 안을 이리저리 뛰어다니며 처진 입술을 '삼촌'이라 불렀다. 방으로 들어가다 본 한 녀석은 소파에 앉아 담배를 피우고 있었다. 그곳에 도착한 지 몇 분 정도 지났을 때, 어떤 사람이 꽤 특별한 아페리티프를 우리에게 권했다. 그 남자친구의 생일을 축하하기 위해 준비된 갈색 헤로인이 작은 은 쟁반 위에 줄지어 있었다. 그러자 셰모와 개구리를 포함한 모두가 그걸 반겼다. 그 앞에는 이런 장면을 주기적으로 목격했을 법한 아이가 있었다. 역겨움이 느껴졌다. 소파에 있던 녀석은 같이 약을 하자고 나를 부추겼다. 그가 나를 그냥 내버려두길 바라는 마음에 오기 전에 이미 '채웠다'고 핑계를 댔다. 결국 그날 파티는 아무도 아파트를 떠나지 않은 채 새벽에 마무리되었다. 모두가 제정신을 잃고 여기저기 널브러져 잠든 방을 조용히 빠져나왔다. 어쩌다 내가 마약 중독자들이 환각에 빠지는 상황을 그냥 지켜봤는지 스스로에게 계속 물었고, 우리 집 건물 계단을 오르면서 더 이상 마약을 하는 그 누구와도 절대 어울리지 않겠다고 맹세했다. 이후 몇 주 동안 수업이 끝나고 나면 내 방에만 있기로 했고, 누구와 어울리는 것을 티 나지 않게 피하려고 했다. 돈이 다 떨어져서 어쩔 수 없이 '작업'을 재개하기 전까지 이런 은둔생활을 계속했다. 그러는 동안 내가 처한 상황에 대해 깊이 생각할 수 있었다.

나는 곧 마약에 혐오감을 느꼈다. 어떤 형태건 무엇인가에 의존한다는 것은 나약함의 신호라고 여기기도 했고, 이 길에 들어서면 절대 뒤로 물러서지 못할 것이라는 생각에 두려움도 느꼈다. 개구리와 셰모가 나락에 떨어진 것을 보고 이런 생각은 더 굳어졌다. 두 사람과 꽤 친했던 나는 그들의 정신력이 강하다는 걸 알고 있었다. 그들이 나쁜 버릇을 갖고 있긴 해도 마약 중독자가 되는 일은 절대 없을 거라고 생각했다. 나는 항상 집단 주택지의 회색 군중 속에서 스스로를 차별화하려고 노력했고, 이를 통해 술과 마약에 대한 절제와 금욕 상태를 유지할 수 있었다. 물론 마약에 전혀 중독되지 않고 술을 마시거나 대마초를 피우는 녀석도 있었다. 현실에는 두 가지 유형의 소비자가 있었다. 일부는 (드물지만) 그저 즐기기 위해 대마초를 피우거나 그런 방식으로 '체제에 대한 거부감'을 표현했다. 사회문화 센터 운영자, 그러니까 비스듬히 카피에를 쓴 채 마르크스를 추종하고 혁명을 주창하는 사람들을 제외하면 내 지인 중에 그런 사람은 없었다. 그밖의 사람들, 그러니까 대다수는 공허감을 채우기 위해 대마초를 피웠고, 언제나 심각한 환각 상태에 빠졌다. 이런 사람들은 술로 시작해 곧 대마초로 넘어간 후 오랫동안 마약을 접했다. 자극적인 감각에 대한 욕구는 그들이 경험한 사회적 불행에서 기인했고, 그들은 연기로 그 불행을 감추려 했다. 하지만 이 가림막은 항상 너무 빨리 걷혔기에 그들은 더 멀리 가야 했다. 취해 있는 동안에도 불행은 멈출 줄 모르고 계속 커져만 갔기에……

이런 배경에서 증가한 마약 중독자들은 가장 악질에 속했고 그 어떤 원칙도 따르지 않았다. 돈 때문에 자신의 어머니를 갈취하고 폭행까지 했으며, 헤로인 0.25그램을 얻으려고 동료들을 심각한 위험에 몰아넣고 막무가내로 '작업'했다. 여러 해가 지나자 살아남은 자들 중 일부는 통합정보국의 끄나풀로 채용되기도 했다. 집단 주택지의 거주자 중 마약에 빠지지 않은 사람들조차 마약 중독자들이 횡재하는 걸 보고 불순한 길로 접어들었다. 그 사람들은 자신의 타락을 이용해 '죽음 판매자', 즉 중독성 강한 마약상으로 나섰다.

이런 혼돈 속에서 지금의 젊은 세대가 탄생했다. 이 세대는 알아서 스스로를 책임져야 했다. 그들에게 본보기가 되어야 할 어른들은 온종일 마약에 빠져 있는 낙오자가 되거나 돈 몇 푼을 위해 부모를 저버리고 막 사는 마약상이 되었다. 이런 사람들에게 어떻게 존경심이 생기겠는가? 어떤 이들은 자기보다 열 살에서 열다섯 살 어린 녀석들과 함께 작업했고, 또 어떤 이들은 자식뻘 되는 어린 깡패들에게 언어적·육체적 공격을 부추겼다. 이런 근거 없는 폭력과 증오를 이겨내지 못하고 가끔 범죄에 동원된 신세대 경찰관들은 종종 맹목적이고 과도한 폭력에 기대곤 했다. 이 사실은 젊은이들의 문제적 태도에 대한 변명이 되진 못하지만 많은 것을 설명한다. 이런 폭력이 지속적으로 야기한 유일한 결과는 그런 사람들에게 질서를 정리하도록 맡긴 사회를 향해 분노하는 젊은이들을 만든 것이었다.

———

형 아르노는 아버지와 많이 비슷했다. 특히 외모가 그랬다. 피부는 나보다 훨씬 더 까맸고, 코와 입이 가늘었으며, 말수는 적었다. 형 역시 파란만장한 유년기를 보낸 탓에 집단 주택지에서 잘 알려져 있었다. 토요일이 되면 경찰은 각양각색의 도둑질을 일삼는 형을 집으로 데려오곤 했다. 그래서 형은 토요일만 되면 어머니에게 두들겨 맞기

일쑤였다. 개구쟁이였던 형은 심한 짓을 많이 했다. 그런 행동들은 거의 비정상에 가까웠다. 그때까지만 해도 기운이 넘쳤던 어머니는 형의 버릇을 고치려고 별수를 다 썼지만 소용없었다. 그러다가 갑자기 형은 겉으로 보기엔 완전히 상반된 두 가지 이유로 모든 범죄 행위를 멈췄다. 어느 날 밤에 형은 침대 위로 나타난 이상한 빛에 잠을 깼다고 한다. 그리고 흰옷을 입은 흑인이 침대 위를 맨발로 떠다니면서 형에게 이슬람교를 믿으라고 권했고, 그때 형은 완전히 잠에서 깬 상태였다고 주장했다. 나는 형이 당황스러운 광경을 본 이야기를 약간 과장해서 말한다고 생각했다. 어쨌든 그날 이후 형은 돼지고기를 먹는 것을 삼갔고, 매년 라마단 기간에는 단식했다. 당시 나는 형과 방을 같이 쓰고 있었다. 나와 함께 다니던 공범 셋이 마약을 했던 충격적인 밤이 지나고 내가 자의로 휴식을 취하던 그 몇 주 동안, 밤마다 형이 예언자들의 최후 임무가 가진 진실성에 관해 해준 이야기를 꽤 예민하게 받아들였다. 동시에 형은 한 여성 단체를 발견했다. 이슬람교와 여성들이라는 두 세력은 언뜻 보기에 서로 대척점에 있는 듯했지만 결국 거리의 혼돈으로부터 형을 격리시켰다.

나는 뒤로 물러나 시간을 갖고 스스로를 '개조'할 필요가 있었다. 내가 길에서 얻은 정당성이란 빈털터리 상태에서는 바람 빠진 고무풍선과 같음을 잘 알고 있었다. 하지만 이제 약에 찌든 사람들과 함께하고 싶진 않았다. 마지드는 내가 몇 달 전부터 자신을 뒷거래에 참여시키지 않는다고 쌀쌀맞게 대했다. 같은 이유로 무사와 사이가 틀어졌고, 할리드와도 거리가 멀어졌다. 나는 급히 새로운 조원을 찾아야 했다. 그렇게 해서 모하메드라는 사람을 자주 만나게 됐다. 처음에 그는 '진드기'라는 별명처럼 마음이 통하는 사람은 쉽게 놔주지 않았고, 아무것도 이해하지 못하는 익살꾼에 애송이였다. 모두가 자신을 흑사병 환자인 양 피하자 홀로 '작업'하는 습관을 들였다. 그 결과 능력자로 거듭났다. 무엇보다 그는 담배나 술을 안 했고, 마약도 하지 않았다. 전문 분야는 들치기였다. 어느 수요일 오후, 진드기는 사전 답사를 위해 나를 뇌도르프에 있는 거리로 데려갔다. 그때의 우연을 어떻게 해석해야 할지 모르겠는데, 우리가 도착한 곳은 생탈로이스 교회 옆, 즉 내가 다니는 중학교와 마주한 거리였다. 진드기는 그곳을 지나는 노부인들의 손가방에 큰돈이 있을 거라고 설명했다. 그때까지 노인들한테 잡힌 적은 거의 없었다. 군이 말하자면, 노인들을 상대할 때마다 손놀림은 빨랐고 신중함을 보였다. 그렇게 우리는 작업에 착수했다. 거액을 가지고 있을 것처럼 우아하게 생긴 한 노부인 뒤에 잽싸게 붙었다. 우리는 외딴 골목길까지 조심스럽게 노부인을 쫓아간 뒤 행동을 개시하기로 했다. 계획은 간단했다. 진드기가 앞으로 달려가 노부인의 손가방을 빼앗고, 나는 진드기 바로 뒤를 따라 달리는 것이었다. 진드기가 손가방을 놓치면 내가 주워오거나 진드기가 제 역할을 못하면 대신 손가방을 빼앗을 수 있도록 했다. 이중 행동으로 완성도를 높이는 양면 면도칼의 원리였다. 하지만 정확성의 측면에서 상황은 예상처럼 흘러가지 않았다. 노부인과 진드기 모두 가방을 놓지 않았고, 노부인은 대치 중에 오간 폭력으로 인도에 주저앉고 말았다. 진드기는 아스팔트 위에서 노부인을 2미터 넘게 끌고 갔다. 난 진드기에게 그 고약한 가방을 손에서 그만 놓으라고 소리쳤다. 하지만 진드기는 내 말을 듣지 않았고, 얼마 후 노부인이 가방을 놓았다. 마치 영원처럼 느껴진 이 시간 동안 노부인은 가해자가 자신을 놀래키고 폭행까지 했음에도 비명을 지르거나 작은 신음조차 내지 않았다. 나는 스스로를 추하다고 느꼈다. 우리는 그 노부인을 길바닥에 내버려둔 채 단 한 번도 뒤돌아보지 않고 집단 주택지까지 전속력으로 달렸다. 사건은 이렇게 끝났는데, 아이러니하게도 가방에는 20프랑도 채 들어 있지 않았다. 결과가 어쨌든 이 사건은 비열했고 용서받을 수 없었다.

이후 몇 년이 지나 클레베르 광장에서 진드기를 다시 만났다. 진드기는 만취해 있었다. 오른손에 위스키 병을 들고 있던 진드기는 나를 다른 사람으로 착각하고는 자신이 연락을 안 한 지 몇 달이 지났다고 했다. 진드기와 경험한 그 사건은 날 불안하게 했고, 내가 새로운 인생을 살기로 결심하는 계기가 되었다. 당시 내 앞에 조용히 쓰러진 그 노부인의 모습은 지금도 머릿속에 생생하게 남아 있다. 사건 이후 몇 주 동안 『알자스 신보』의 사회면을 계속 읽었다. 하지만 그 사건 이야기는 없었다. 어쩌면 너무 진부한 일이었는지도 모른다.

내가 아는 사람 중 상당수가 이렇게 부조리한 인생을 살았다. 그들은 그렇게 생을 마감하거나 정신 이상자가 되었다. 나는 그 거울 너머에서 연명하다가 돌아왔다. 우리에게는 그것을 증언할 의무가 있다.

나 모든 걸 거리의 학교에서 배웠어, 문제가 내 스승이지

나 내 인생 전부를 바꿔야 한다는 걸 깨달았어

알맞은 문을 갖는 걸론 부족해, 알맞은 열쇠가 필요해

난 스스로를 문제 삼지, 지금 내가 바뀌어야 한다고 생각해

네가 떠난 후 이렇게 사는 게 지겨워졌어

난 모든 걸 잃었거든, 예전처럼 더 잃을 게 없어

사라지는 그들을, 우리를 잊어서는 안 돼

이건 명백한 징후들이지, 인생은 테스트야

진급 시험, 잠시 네가 앞에 섰어

무엇이 우릴 기다리는지 안다면 우리는 그렇게 행동하지 않겠지

-NAP, 〈영원히 안녕Au revoir à jamais〉, 앨범 《이 세상 마지막 순간La fin du monde》 수록곡,
크리잘리 뮤직 프랑스 발매.

추모합니다

| | |
|---|---|
| 압드 알 슬람 | 마약 과다 복용 |
| 알랭 | 자동차 사고 |
| 크리스토프 | 동맥류 파열 |
| 다비드 | 살해 |
| 자멜 | 살해 |
| 장 페스 | 마약 과다 복용 |
| 파비앵 | 오토바이 사고 |
| 파루크 | 에이즈 |
| 푸아드 | 살해 |
| 갈렘 | 돌발사 |
| 아메디 | 구류 중 자살 |
| 앙리 | 마약 과다 복용 |
| 장피에르 | 자동차 사고 |
| 조엘 | 자동차 사고 |
| 마누 | 오토바이 사고 |
| 나데주 | 마약 과다 복용 |
| 파피 | 살해 |
| 라시드 | 마약 과다 복용 |
| 슬림 | 살해 |

얀                    마약 과다 복용

그 외에 모두가 편히 잠들기를…….

# 2장

# 야생 겨자씨

당시 생트안 중학교 교장으로 재직 중이던 나소 선생님은 얼굴 표정이 프랑수아 미테랑과 아주 흡사했다. 우리에게 나소 선생님의 권력은 미디어에서 '하느님'이라고 일컫는 권력과 거의 맞먹었다. 학기가 끝날 때마다 선생님은 특별히 직접 찾아와서 평균 성적을 통보했고, 이것은 모두에게 의례가 되었다. 이런 방문은 즉흥적이었다. 아무도, 심지어 다른 선생님들도 나소 선생님이 언제 어떤 수업을 선택해서 나타날지 전혀 모르고 있었다. 나소 선생님이 노크하지도 않고 문을 열면 우리는 순식간에 모두 자리에서 일어났다. 그렇게 어색한 분위기 속에서 나소 선생님은 우리를 한눈에 훑어봤는데, 고작 몇 초도 안 되는 그 시간이 우리에겐 영원처럼 느껴졌다. 그러고 나서 마치 호의를 베풀 듯 우리를 다시 앉혔다. 이어서 호명된 사람은 한 사람씩 떨면서 적막함 위로 고개를 든 뒤 교장 선생님께 칭찬을 받거나 아니면 된통 혼났다.

3학년 마지막 학기에 내 성적은 특히 좋았다. 친구들과의 내기가 중요한 역할을 했다고 할 수 있다. 좋은 성적 덕분에 고등학교 진학뿐만 아니라 어머니가 져야 할 비용 부담에 보탬이 될 수 있는, 그래서 정말 중요한 장학금까지 받게 되었다. 일단 중학교를 마치면 노트르담 청소년 학교에 갈 예정이었다. 이 학교는 스트라스부르에서 명문으로 꼽히는 곳이었다.

　나의 진학 소식을 들은 어머니는 아주 성대한 파티를 열 정도로 기뻐했다. "내 아들이 일반고를 간대요. 그것도 노트르담으로!" 어머니는 나를 껴안고 눈물을 흘리며 이렇게 외쳤다. 이 성취는 약간 과장해서 이야기하면 특별한 의미가 있었다. 이슬람교로 개종한 뒤 줄곧 빌랄로 불린 형 아르노는 이 동네에 사는 대부분의 남자아이들처럼 중학교 2학년 때 직업 고등학교에 가기로 결정했다. 이것이 그에게 부끄러운 일은 전혀 아니었다. 하지만 이로써 장래에 대한 계획은 너무나 단순해졌고, 사회적 맥락에서 봤을 때 거의 백지화된 것이나 다름없었다.

　노부인의 손가방 사건이 일어난 뒤 나는 새롭게 열의를 갖고 공부에 집중했다. 나의 새로운 놀이 친구들은 세네카, 알베르 카뮈, 에픽테토스, 조지 오웰, 에메 세제르, 투키디데스, 프란츠 파농, 아우구스티누스, 르네 바르자벨, 올더스 헉슬리, 세이크 안타 디오프였다. 특히 나는 흑인의 역사와 문화와 관련된 것에서 감명받았다. 알렉스 헤일리의 『뿌리』를 하루 만에 다 읽고, 쿤타 킨테와 미국으로 끌려간 흑인들의 비극적인 운명을 떠올리며 밤새 울었던 적도 있다. 이런 영웅적인 인물들은 나를 매료시켰다. 그들이 혼신을 다해 투쟁하는 모습은 내 안에 깊은 울림을 만들었다. 그들은 내 삶의 수호신이 되었고, 의미를 부여하면서 나를 새로운 세계로 이끌었다. 그들과 대화하면서 나는 다른 능력을 얻은 듯한 느낌이 들었다. 내 안의 세계를 떠나

가지고 있는 힘을 넘어서려는, 그런 주체할 수 없는 욕망을 어느 순간 발견했기 때문이다.

————

하지만 내게 가장 큰 영향을 미친 사람은 흑인 무슬림이자 비폭력을 거부한 미국의 평화주의 지도자 맬컴 엑스였다. 습관처럼 대학 도서관을 오가다가 어느 날 티에리를 만났다. 키가 큰 티에리는 금발에 알자스 사투리를 쓰는 인류학과 학생이었다. 티에리의 모든 생각은 아프리카에 중심을 두고 있었다. 한동안 내겐 그런 모습이 우습게만 보였다. 티에리는 맬컴 엑스의 자서전은 물론 맬컴 엑스가 사망한 1965년도에 남긴 마지막 연설 중 일부를 복사해서 내게 줬다. 그렇게 나의 영웅이 1925년 네브라스카주 오마하에서 태어났고, 침례교 목사였던 아버지가 큐 클럭스 클랜Ku Klux Klan에게 살해당했으며, 이 비극적인 사건 이후 어머니가 정신이 완전히 이상해졌다는 (그래서 정신병원에 수용되어야 했다는) 사실을 알게 되었다. 맬컴 엑스는 보스턴과 뉴욕에서 생활하면서 도둑질과 마약 밀매를 일삼았다. 그리고 온갖 범법 행위로 7년 동안 옥살이를 한 뒤 '블랙 무슬림', 네이션 오브 이슬람Nation of Islam의 멤버가 되었다. 네이션 오브 이슬람은 일라이자 무하마드가 창설하고 이끈 흑인 분리주의 운동으로, 이슬람교 신앙을 따랐다. 강한 카리스마를 가진 인물인 맬컴 엑스는 출소 후 네이션 오브 이슬람에서 아주 빠르게 자리잡았고 전국적으로 역량을 발휘했다. 또한 시민권을 얻기 위한 투쟁을 하며 과격한 사상을 전파하면서 버림받은 미국 흑인들을 대표하는 인물로 우뚝 섰다. 맬컴 엑스는 백인이 만든 사회 체계에 거침없이 비난을 쏟아냈고, 백인에게 복종하면서 민족을 등진 흑인들에게 '엉클 톰Uncle Tom'이라는 별명을 붙이며 욕설을 서슴지 않았다. 이를 통해 맬컴 엑스는 마틴 루서 킹과 대비되는 지도자로 여러 매체에서 부각되었다. 그가 마틴 루서 킹의 비폭력적 접근을 거부했기 때문이다. 하지만 유럽, 아프리카, 중동을 여러 번 방문한 다음, 특히 정통 이슬람교로 개종한 뒤 맬컴은 네이션 오브 이슬람은 물론 거기서 내세운 인종 차별적 표현법까지 버렸다. 메카로 성지 순례를 떠나 아라비아반도에 머물러 있던 맬컴은 가족과 친구들에게 아주 중요한 편지 한 통을 보냈고, 친구들은 그 편지를 곧 여러 매체에 전달했다. 나는 그 편지를 수도 없이 읽었다. 편지의 내용을 확인한 내 영혼은 흥분으로 요동쳤다. 그 편지는 방향을 잃은 나의 사춘기에 중대한 전환점이 되었다. 그 내용을 소개하면 다음과 같다.

"아브라함, 모하메드, 그리고 성서에 등장한 다른 예언자들의 고향, 이 옛 성지에 모인 모든 인종의 남녀가 내게 보인 진심 어린 환대와 엄청난 우애는 지금까지 받아본 적이 없는 것입니다. 저는 이곳에서만큼 존대를 받아본 적이 한 번도 없습니다. 이보다 더 공손하고 품격 있는 느낌을 받아본 적도 없습니다. 미국은 이슬람교를 이해할 필요가 있습니다. 인종 차별을 모르는 유일한 종교가 바로 이슬람교이기 때문입니다. 이 성지 순례는 내가 갖고 있던 생각을 곱씹게 하고, 내려왔던 결론을 버리게 만들었습니다. 이곳 이슬람세계에서 보낸 11일 동안 우리는 다른 사람들과 같은 접시로 음식을 먹고, 같은 잔으로 물을 마시고, 같은 침대(혹은 양탄자)에서 잠을 잤습니다. 그리고 가장 파란 눈, 가장 진한 금발, 가장 하얀 피부를 가진 신자들과 동일한 하느님께 기도를 드렸습니다. 그들의 행동처럼 '백인' 무슬림의 언어는 아프리카, 즉 나이지리아, 수단, 가나 출신 '흑인' 무슬림만큼 신실합니다. 우리는 더할 나위 없는 형제입니다. 그들은 오직 하나뿐인 하느님을 믿고, 마음과 행동과 태도에서 인종에 대한 고려를 철저히 배제하기 때문입니다. 나는 이들을 보면서 만약 미국의 백인들이 하느님의 단일성을 받아들인다면 인간의 단일성도 받아들일 수 있을 것이고, 피부색을 이유로 타인과 대립하거나 타인을 해하는 일을 멈출 것이라고 생각했습니다. 인종 차별은 미국의 심각한 암과 같기에 우리 '기독교도' 백인들은 이 문제를 이슬람식으로 푸는 데 관심을 가져야 할 것입니다. 그 해법은 이미 진가를 발휘했고, 제때 이뤄진다면 대재앙이 임박한 미국도 구할 수 있을 것입니다. 이 재앙은 이미 독일의 인종 차별주의자들을 덮쳤고, 끝내 독일인까지 자멸시켰습니다." 그리고 맬컴은 자신의 이슬람식 이름으로 사인을 남겼다. '엘하지 말리크 엘샤바즈El-Hadj Malik el-Shabaz.'

미국으로 돌아오자마자 맬컴은 인종을 차별하고 분리하는 폭력적인 정책을 펼친다는 이유로 미국을 국제 연합에 제소하려고 했다. 그리고 마틴 루서 킹은 시민권의 평등을 위해 싸우려는, 흑인과 백인을 아우른 모든 지도자와 힘을 합치려고 했다. 하지만 1965년 2월 21일 일요일 할렘에서 열린 회의에서 맬컴은 권총 16발을 맞고 쓰러졌다. 당시 맬컴의 나이는 서른아홉 살이었다.

맬컴의 인생은 나를 매료했다. 한恨의 수준을 넘어 대승적인 투쟁에 이르는 방법을 알았던 한 인간의 마지막 전언에 나는 빠져들었다. 그렇게 나는 티에리가 준 복사본과 함께 독서와 자기 성찰을 향한 진정한 망명에 돌입했다. 그리고 내 행동의 무게를 재기 시작했다. 그때까지 내가 선과 악을 구분하는 기준은 모호했다. 오히려 아주 이기적으로 누가 '좋은 일을 하느냐' 그렇지 않느냐를 파악하는 것이 중요했다. 이런 미묘한 차이가 관건이었다. 집단 주택지에 사는 모든 이의 마음가짐이 이런 미묘한 차이를 바탕으로 완성되었다. 하지만 주변을 맴돌던 마약의 위협이, 사자死者들이, 나를 뒤쫓다가 땅에 내던져진 그 노부인의 모습이 내가 사는 거리를 어둡게 만들었다. 물론 그곳에서 계속 살기는 했지만, 그곳은 더 이상 내게 매혹적이지 않았다. 내 마음은 더 이상 그곳에 없었고, 거기에 구속되었다는 느낌만 받았다. 맬컴 엑스의 부름에 반응한 내 마음은 다른 걸 원하고 있었다.

───

고모부가 자식 셋을 고모에게 맡기고 가정을 등지면서 어머니는 고모와 다시 가깝게 지내기 시작했다. 고모는 초점이 세 개 이상인 큰 안경을 쓴 장남 프레데리크, 개를 극도로 무서워하는 로랑스, 아직 볼이 통통한 아기인 뮈리엘을 키우고 있었다. 그해 우리는 파리에 있는 고모 댁에서 방학을 보냈다. 그곳에서 머무르는 동안 사촌인 프레데리크로부터 당시 새롭게 떠오르던 프랑스 랩음악을 들었다. 빌랄과 나는 미국 랩음악에는 익숙했지만, 프레데리크를 통해 라디오노바<sup>프랑스의 음악 전문 라디오 채널</sup>를 듣기 전까지는 프랑스 랩이 있는지도 잘 모르고 있었다. 라디오노바를 통해 데뷔한 아티스트 중엔 NTM과 MC 솔라도 있었다. 이후 집으로 돌아온 빌랄은 자신이 직접 랩 그룹을 만들기로 결심했다. 그리고 자신과 음악적 열정을 공유하던 절친한 친구 세 명에게 자신의 계획을 알렸다. 마지드의 맏형인 무스타파는 끔찍한 아프로 머리 스타일과 못생긴 치열이 특징이었고, 카림은 웬만해선 말을 멈추지 않는 사람이었다. 그리고 셋 중에 가장 나이가 많은 모하메드는 큰 키에 마른 체형이었는데 입만 열면 자기만 아는 농담을 해댔다. 이렇게 네 명이 모여 그룹 뉴 아프리칸 포에츠<sup>New African Poets(NAP)</sup>를 결성했다. 이들은 수요일 저녁마다 시에서 운영하는 다목적홀에 모여 연습했는데, 그때마다 마지드와 나는 자주 놀러갔다. 이 기회를 통해 우리 두 사람도 결국 화해했다. 집단 주택지 사람들과 어울리는 시간은 점점 줄어들었고, 나는 매주 수요일이 돌아오기만을 기다리느라 안절부절못했다.

여기서 잠시 짬을 내어 무식한 자들에게 (물론 농담이다) 랩과 힙합 문화가 무엇인지 설명하는 게 좋을 듯하다.

우선 간략한 연대기부터 훑어보자. 일종의 리듬을 활용해서 말하는 노래라 할 수 있는 랩은 1970년대 초반 뉴욕의 빈민가에서 모습을 드러냈다. 혹자는 라스트 포에츠까지 거슬러 올라가기도 한다. 미국 동부 출신의 이 흑인 그룹이 처음으로 말하듯이 노래하는 방식을 활용했기 때문이다. 이 그룹이 이런 작법을 위해 사용한 음악적 매개체라고는 그리오를 참고해 도입한 젬베와 탕부르 등의 아프리카 타악기가 거의 전부였다. 라스트 포에츠는 아프리카를 중시하는 텍스트를 통해 아프리카를 향한 문화적·정신적 회귀를 찬양했다. 이는 1920년대 라스타파리언들의 '선지자'로 추앙받던 마커스 가비의 노선과 약간 비슷했다. 라스트 포에츠 멤버들은 흑표범단의 정치적 견해로부터 깊은 영향을 받았고 맬컴 엑스를 추종했다. 그래서 이들은 당시 미국의 백인과 인종주의 문화에 대한 반항의 의미를 담아 이슬람교로 개종했다. 급기야 그룹의 리더를 비롯한 몇몇 멤버는 미국을 떠나서 한동안 프랑스에 자리를 잡기도 했다. 실제로 파리 19구역의 탕헤르가에 위치한 이슬람 사원에서 그들과 몇 번 마주친 적도 있다.

우선 랩의 현대성은 음악적 구조에서 기인한다. 나중에 디제이라고 불리는 디스크자키는 플레이어 위에 비닐판을 놓고 조작하면서 다른 음반에서 추출해 반복시킨 멜로디 악절 (그 유명한 샘플) 위로 스크래치를 선보인다. 하지만 랩의 가치와 특징은 무엇보다도 사회적인 목소리를 담은 시라고 할 수 있는 가사에 있다. 1980년대 초반에 활동한 그룹인 그랜드마스터 플래시 앤드 더 퓨리어스 파이브는 게토 최초의 랩 찬가인 〈The Message〉로 이 형식을 대중화시켰다. 이 곡에서 랩은 멜리 멜이 맡았다.

〈The Message〉가 인기를 얻기 전에 랩이 된 노래들은 요즘도 그런 것처럼 반체제적인 요소가 덜하고 오락적 요소가 강했다. 슈거힐 갱이나 커티스 블로와 같은 미국 동해안 지역 아티스트들이 나선 결과였다. 이런 유사 장르의 음악은 가끔 미국 차트의 정상에 오르기도 했지만 랩이 아닌 디스코의 부류로 간주되곤 했다. 게토의 삶을 노래한 어둡고 허무주의적인 노래가 라디오 전파를 타고 엄청난 성공을 거둔 경우는 〈The Message〉가 처음이었다. 한편, 뉴욕 출신의 래퍼 아프리카 밤바타는 브롱크스를 뜨겁게 달군 창작 열기를 한데 모으고 갱단에 만연한 폭력에 대한 대안을 젊은이들에게 제시하기 위해 줄루 네이션Zulu Nation을 조직하고자 했다. 18세기 줄루 제국의 시조인 샤카가 대표하는 줄루족의 투지와 끈기가 준거점이 되었다. 처음에 줄루 네이션은 랩, 댄스(브레이크 댄스, 로봇 춤 등), 디제잉(스크래치 기술), 그래피티 아트(페인트 스프레이를 이용해서 거리에 서명, 즉 꼬리표를 남기는 것부터 벽에 그림을 그리는 것까지 포함한 표현 방식)를 조합해서 힙합을 다면적 예술운동으로서 조직화·체계화한다는 구체적인 목표를 가졌다. 그리고 평화적·비폭력적 정신을 중심으로 운동의 응집력을 계속 유지했다. 운동의 헌장은 '평화, 사랑, 화합(그리고 즐기기)'이라는 슬로건을 내세웠다.

초기의 힙합은 미국 흑인 문화에 깊이 뿌리내렸고 대서양을 건너 유럽까지, 특히 프랑스에 성공적으로 정착했다. 여기에는 두 가지 이유가 있다. 우선, 유행에 민감한 파리의 젊은이들이 힙합을 하나의 패션으로 받아들였기 때문이다. 여기엔 동독 출신의 포스트 펑크 가수 니나 하겐이나 여성복 디자이너 파코 라반과 같은 예상 밖의 인물들이 영향을 미쳤다. 흥미로운 사실은 평생 미국 백인들의 사고방식이나 문화와는 정반대로 살아온 사람들, 예를 들어 맬컴 엑스, 흑표범단, 전직 권투 선수 무함마드 알리와 같은 사람을 멘토로 삼은 이 음악이 '젊은 백인들'과 수많은 유대인(브루클린은 브롱크스와 멀지 않다)을 통해 파리로 들어왔다는 점이다. 사실 이렇게 반체제인 면이 힙합의 전부는 아니다. 줄루 네이션이 구현한 것처럼 힙합의 신나고 혁신적이며 신선하고 평화로운 면이 그 사회적 유래와 상관없이 파리의 젊은이들을 사로잡았고 이후 더 깊숙이 뿌리를 내렸다.

이 시절을 대표하는 완벽한 인물이 바로 로랑스 투이투다. 지금은 전설이 된 TV 프로그램 「H.I.P.H.O.P」을 제작해서 힙합 문화를 보는 넓은 시야를 처음으로 제공한 사람이 바로 로랑스다. 래퍼 겸 댄서인 시드니의 진행으로 매주 일요일 TF1에서 방영된 이 짧은 (고작 30분짜리) 프로그램은 브레이크 댄스와 로봇 춤을 통해 어린 시청자들을 힙합세계로 안내한다는 사명을 맡고 있었다. 이 프로그램은 여러 집단 주택지에서 굉장한 인기를 얻었다. 방송이 끝났을 때 다들 스스로를 버려진 아이 같다고 느낄 정도였다. 항상 열성적이던 로랑스 투이투는 이후 최초의 랩음악 레이블(라벨 누아<sup>Label Noir</sup>)을 기반으로 삼아 진정한 의미에서 최초의 랩 전문 음반사라 할 수 있는 들라벨<sup>Delabel</sup>을 설립했다. 들라벨과 계약한 여러 가수 중에 마르세유 출신 랩 그룹 IAM이나 레게 가수 통통 다비드도 있었다. 들라벨은 다른 음악 장르도 받아들여서 리타 미츠코<sup>프랑스 출신의 인기 혼성 록 듀오</sup>는 물론 영국 그룹 매시브 어택(이후에 '트립합'이라고 불리는, 전자음악을 중심으로 하며 '마약에 취한 듯한' 느낌을 주는 일종의 힙합음악을 선구한 그룹)까지 배출했다.

「H.I.P.H.O.P」의 방영이 중단되고 들라벨이 설립되는 과정에서 힙합의 다른 요소들(춤과 좁은 범위에서의 그래픽 표현)에 대한 관심이 줄어든 반면 힙합의 유일한 음악적 요소인 랩은 더 각광을 받았다. 파리 출신의 아사생 같은 그룹은 선구자 격이라 할 수 있다. 미국의 모델을 단순 모방하는 데서 벗어나 프랑스어로 랩을 한 최초의 그룹이었기 때문이다. 디제이 클라이드와 두 명의 래퍼인 록킹 스쿼트와 솔로가 결성한 이 그룹은 이후 전투적이면서도 반자본주의적인 내용을 담은 랩을 발전시켜나갔다. 이어서 이 현상을 확산하는 데 기여한 것은 라디오노바나 라디오세트<sup>Radio 7</sup>와 같은 파리의 지역 라디오 방송이었다. 특히 라디오노바는 방송 진행자이자 래퍼인 리오넬 데가 활약했다. 프랑스계 알제리인인 리오넬 데는 파리 교외 남동쪽에 위치한 비트리쉬르센의 거주자이기도 했다. 당시 사람들은 줄루 네이션을 온갖 폭력과 밀매를 일삼는, 특히 포럼 데 알파리 시내에 위치한 대형 쇼핑 센터 주변에서 활동하는 아프리카 이민자들이 실제로 조직한 단체라고 잘못 알고 있었다. 역설적이게도, 해설자들이 비난한 흥책이 미디어로 전파되면서 랩의 대중화는 더욱 탄력을 받았다.

다만 이 모든 표현법이 마틴 루서 킹, 흑표범단과 같은 과거의 상징과 자신을 더 이상 동일시할 수 없는 신세대 미국 흑인들로부터 시작되었다는 사실이 중요하다. 지배적인 백인 모델에 대응하며 자신의 정체성을 확인하고자 한 이런 욕구는 운동의 선구자들 사이에서 나타났다. 조직적인 전향이거나 이슬람교에 공감해서 나온 결과였다. 선구자들은 미국의 일부 와스프<sup>WASP</sup> White Anglo-Saxon Protestant, 앵글로색슨계 백인 신교도에 대항했을 뿐만 아니라 자신들의 뿌리인 아프리카를 가까이하고자 하는 마음도 갖고 있었다. 결국 랩이 이 현상을 매개하기 전에도 프랑스에 거주하는 수많은 마그레브인은 자신이 이슬람교를 믿는다는 이유를 대며 무함마드 알리와 같은 영웅적 인물을 통해 자아를 확인했다. 나도 뇌오프에 사는 동안 나보다 고작 몇 살 더 많은 알제리인이나 모로코인들이 무함마드 알리를 놓고 그가 진짜 흑인은 아니지만 완전히 미국인도 아니라고 얘기하는 것을 자주 들었다. 그렇다면 무함마드 알리가 무슬림이었다는 건 어떻게 설명했을까? 무함마드 알리가 알제리 남부에서 태어나 어렸을 때 가족과 미국으로 이

주했다고 단언하는 사람들도 있었다. 하지만 이 의견에 어린 모로코인들은 동의하지 않았다. 무함마드 알리가 실제로 에사우이라 지역 출신인 데다 그나우아 사람이란 이야기에 완전히 세뇌되어 있었기 때문이다.

하지만 미국 흑인들이 받아들인 이슬람교의 형식은 사람들이 북아프리카 내지에서 실천하는 종교와 거리가 멀었다. 인종 차별주의자 루이스 파라칸이 재조직한 네이션 오브 이슬람의 이미지와 아주 다르지 않았을 때 말이다. 어쨌든 이런 융화(혹은 혼란) 현상은 마그레브인들이 우위에 있는 집단 주택지에서 힙합, 특히 랩을 빠르게 받아들이는 요인이 되었다. 이와 더불어 젊은이들이 이슬람교를 매력적으로 받아들이는 데 기여했다. 과거에 이슬람교는 그것이 가진 역사와 가치를 통해 부모 세대와 동화되었다. (미국의) 랩도 이슬람교와 밀접한 관련이 있었다. 빅 대디 케인, 라킴, 스페셜 에드 등이 이를 증명했다. 나중에 모습을 드러낸 스파이크 리 감독의 컬트 영화 「맬컴 X」는 덴절 워싱턴(모건 프리먼과 선구자 격인 시드니 포이티어와 함께 미국의 대표적인 흑인 배우로 꼽히는 인물)이 연기한 블랙 무슬림 지도자의 인생을 다루고 있다. 이 영화는 힙합 문화가 자리잡은 지역의 구성원에게 이슬람 문화가 낳은 매력적인 인물을 각인시키는 데 결정적인 역할을 했다. 그 구성원들이 이슬람 문화권에서 태어나지 않았다고 해도 상관없었다.

결국 「H.I.P.H.O.P」이 종영되고 처음으로 래퍼들이 중요한 곡들을 발표하는 상황에서 빌랄과 친구들은 NAP를 결성했던 것이다. 처음에 이 그룹은 비트리쉬르센 출신의 레 리틀이나 사르셀 출신의 미니스테르 AMER과 같은 '파리 지역' 래퍼들의 노래를 반복해서 연습했다. 라디오노바에서 녹음한 파리 지역의 랩을 카세트에 담아 빌랄에게 제공하는 임무를 맡은 사람은 사촌 프레데리크였다. 그때만 해도 멤버 중 음반을 내본 사람이 아무도 없었기에 도움을 받을 만한 곳이 전혀 없었다. 그사이에 마지드와 나는 꾸준히 연습실에 모습을 드러내고 프레데리크에게 수시로 전화를 걸어 라디오노바에 나온 최근 프리스타일(즉흥곡)을 보내달라고 요청했다. 그 모습을 본 빌랄과 다른 멤버들은 결국 세 사람 모두에게 그룹에 합류할 것을 제안했다. 록 음악이 고집하는 기타·베이스·드럼의 엄격한 도식을 피하고 가변성이 훨씬 더 뛰어난 팀을 만들 수 있다는 것도 랩음악이 가진 주된 장점이었다.

우리에게 영감의 원천이 된 것은 뇌오프였다. 당시 우리 우상들과는 달리 우리는 파리 지역에 살지 않았기 때문이다. 그들과 마찬가지로 예술 자체뿐만 아니라 집단 주택지에 관해 이야기하고자 하는 욕구도 동인이 되었다. 파리의 비보이B. Boy(힙합 운동의 남성 멤버를 가리키는 용어. 여성 멤버는 비걸B. Girl로 지칭)들은 당대의 힙합 클럽인 글로보에 공연을 하러 가거나 중산층 파티에서 코카인을 들이마셨다. 하지만 우리는 여전히 아파트 건물 밑에서 제멋대로 자리를 차지하고 놀다가 가끔 도심에 지갑을 훔치러 가곤 했다. 그러다가 세상의 끝인 것처럼 느껴지던 수도로 가면, 파리의 비보이들은 뉴욕으로 날아갔다. 물론 그 사람들은 지방에서 온 우리가 무엇을 고려하고 있는지 관심도 없었다. 하지만 그때 고민한 사항들은 우리 생각에 자양분이 되었고, 자연스럽게 처음에 쓴 가사의 기본 재료가 되었다. 우리는 지리적 거리에 낙심한 나머지 파리에서 힙합 문화를 만드는 사람들보다 힙합 문화를 더 많이 알아야겠다고 생각했고, 그렇게 되기 위해 열심히 노력했다. 그리고 주변에서 일어나고 있는, 마약이 야기한 폐해를 관찰하는 게 나머지를 채웠다. 우리에게 랩이란 메시지를 전달하는 수단이자 카타르시스였다.

> 우리는 야성적 충동에 사로잡혀 있었어
> 나처럼 그런 구역에 사는 수많은 무법자는 다 알아
> 우중충하고 칙칙한 우리 인생, 썩어빠진 일상
> 임대 아파트 주민, 이민자, 가난한 자들은 모두 다른 인생을 꿈꿨지
> 이렇게 우리는 랩을 시작했어, 인생의 감옥에서 벗어나려고……
>
> —NAP, 〈파리 꼭대기에서Au sommet de Paris〉, 《이 세상 마지막 순간》 중.

하지만 그걸로 아직 성에 차지 않았다. 랩은 우리에게 새로운 음악 장르 이상의 의미로 다가왔고, 우리는 많은 미국 래퍼가 이슬람교에 느낀 매력을 제대로 이해했기 때문이다. 랩은 영적인 표현을 자극했고, 우리는 전도하려는 목적 없이 그것을 증명하고 싶었다. 조너선

프랜즌[1]은 래퍼를 '현대의 보들레르'라고 표현했다. 자랑하는 건 아니지만, 나는 세네카나 알랭이 되고 싶었다. 우리는 다른 래퍼들처럼 권태나 억지스러운 이상향을 환기시키며 즐거워하기보다 거리의 세계를 그리고 신앙과 교육을 말하면서 지성과 실력을 증명하기로 했다. 오늘날 랩을 폄하하는 사람들은 대부분 이 세상에 대한 소신이 전혀 없다. 랩이 나를 비롯한 젊은이들에게 가져다줄 수 있는 게 무엇인지도 모른다. 그동안 내가 쌓아온 모든 경험은 랩을 통해 분출됨으로써 비로소 의미를 갖게 되었다. 이슬람교는 나의 경험들을 초월하도록 만들었고, 돈을 쉽게 벌기 위해 내가 갔던 위험한 길로 들어서려는 사람들을 만류하도록 했다. 미국 래퍼들은 내게 확실한 본보기가 되었다. 이에 따라 우리는 '갱스터 랩'과 거리가 먼 음악을 추구했다.

다시 본론으로 들어가기 전에 '특별 헌사'를 남기고자 한다. 리오넬 데, 디 내스티, 뉴 제네레이션 엠시즈, 살리하, 레 리틀, 데스티네, MA 포스 전체, EJM, 티미드 에 상 콩플렉스, 뤼시앵, 솔로, 스쿼트, 메트르 마즈, 아사생, 모드 되, NTM, IAM, 미니스테르 AMER, MC 솔라르, 모든 DJ와 브레이크댄서와 그래피티 아티스트, 그리고 라디오 노바, 랩라인을 비롯해 이 음악을 평화, 사랑, 화합 속에서 전파시키는 데 관여한 모든 사람. 여기에 미국인들도 빼놓을 수 없다. 미국인들은 어떤 비난을 받든 간에 힙합과 줄루 네이션의 열정을 간직했다.

1__ 소설 『인생 수정』(2001)으로 유명한 미국의 백인 작가.

우리 그룹의 인기가 구역의 경계를 뛰어넘을 무렵 내 안의 악마들이 되살아났다. 빈털터리가 된 건 아니었지만 급히 돈이 필요했다. 오래전부터 내게 금전적인 문제란 도심에서 약간의 '작업'만 하면 충분히 해결할 수 있는 부차적인 것이었다. 갑자기 그런 문제들 때문에 강박에 시달리고 불편을 겪는 건 용납할 수 없었다. 이즈음 스트라스부르에서는 길을 가다가 우리를 알아보거나 사인을 요청하는 사람이 생기기 시작했다. 그런 현상은 꽤 만족스러웠지만 내 주머니는 어이없을 정도로 텅텅 비어갔다. 예술에 대한 애정과 말하고자 하는 욕구가 몸과 마음을 사로잡은 탓에 주머니를 가득 채울 만한 시간은 더 이상 없었다. 내 마음속에는 이제 그런 상태가 지속되지 못할 것이라는 생각이 자리잡기 시작했다.

　　오래전부터 이미 뇌오프는 빈민촌이 되었다. BMW, 메르세데스, 아우디 등 마약상들이 소유한 번쩍이는 차들만 요란한 소리를 냈다. 좀비가 되어 골목길과 녹지를 오가는 마약 중독자들만 이런 현실을 모르는 듯했다. 그들은 지하실에서 피투성이가 된 주사기를 버리느라 정신이 없었다. 이런 상황에서 우리는 뜨거운 마음으로 열심히 랩을 썼다. 초기 공연들이 수익을 약간 내긴 했지만 음악활동이 가져오는 경제적 이익은 거의 없었다. 이즈음 대마초 한 대보다 코카인이나 헤로인 1회분을 얻는 게 점점 더 쉬워지고 있었다. 결국 나는 대마초 밀매에 나서서 시장에 적응하기로 결심했다. 이 작업을 마지드와 함께하기로 마음을 먹고는 그에게 온갖 감언이설을 들이댔다. 대마초를 밀매하는 행위는 도시 전체가 의존성이 강한 마약에 빠지는 것을 막는 효과가 있다는 식이었다. 요컨대 우리가 구현한 반 마약 밀매상은 죽음이 아닌 생명을 가져다주는 셈이었다. 결국 돈을 향한 마지드의 욕망은 그가 가진 강한 도덕성을 이겨냈고, 우리는 곧 오트피에르에서 납품업자 한 명을 찾아냈다. 차량 불법 거래로 경력을 쌓기 시작한 그자는 준도매상으로서 고가품을 은닉하고 마리화나를 팔며 경력을 다양화하고 있었다. 아직 고등학생이고 청소년이었지만 소규모 범죄 조직에서 대장 역할을 맡고 있기도 했다. 우리와 언젠가 인생과 사회에 대한 심도 있는 대화를 나누었던 적도 있다. 그는 세상을 냉소적으로 바라봤고 돈을 진심으로 숭배했다. 그러면서 열심히 돈을 모아 작은 자동차 정비소를 차리고 싶어했다.

훌륭한 마약상이 되는 건 단단한 사슬을 잇는 고리가 되는 것과 같다. 마지드와 나는 공연으로 번 돈을 죄다 마약 일에 재투자했다. 일단 물건의 질을 인정받으면 단골손님을 만드는 것은 쉬웠다. 우리는 간단한 시장 조사를 통해 우리 구역이 영업을 하기에 이상적인 장소임을 확인했다. 그리고 엑스터시에 정통한 일부 마약상을 제외하고 다들 코카인만 취급했기 때문에 이론상 우리가 거의 독점할 게 뻔했다. 하지만 한편으로 독점은 우리를 과하게 노출시킬 위험이 있었다. 그래서 우리는 네 번째 악당을 고용했다. 이 익살꾼이 우리가 유도한 고객들을 상대해 합의를 보는 사이에 우리는 돈을 걷고 얼굴마담에게 중개료만 지불하면 끝이었다. 이런 방식으로 모두가 이익을 챙

겼고, 우리 사업은 날로 번창했다. 난 이 일에 아무런 문제가 없다고 확신하면서 다시 호화스러운 생활을 시작했다. 마지드는 나의 보좌관이자 오른팔이었다. 집단 주택지 사람들 모두가 우리를 부러워하고 우러러봤지만, 우리 수익 창구를 아는 사람은 거의 없었다. NAP의 다른 멤버들만큼은 알고 있었지만 모른 체 해줬다. 실제로 우리는 이 일에 대해 빙 돌려서라도 절대 말하지 않았다.

―――――

마지드는 더 이상 우리 집 맞은 편 건물에 살지는 않았지만 예전만큼 자주 날 보러 왔다. 그러던 어느 날 마지드가 우리 집에 갑자기 쳐들어와서 가볍게 넘기기 힘든 진지한 말투로 말했다. "널 찾는 집시들이 도처에 널렸어!" 그리고 내 방문을 닫은 뒤 빌랄이 쓰던 빈 침대 위에 주저앉았다. 해가 중천에 떠 있었지만 나는 잠이 여전히 덜 깬 상태로 침대 위에 있었다. 그리고 어눌한 말투로 마지드에게 대꾸했다. "그게 또 무슨 말이야?!" 그로부터 몇 주 전, 우리 대역을 맡던 친구가 스트라스부르를 떠났었다. 내가 잘 모르는 곳으로 전근을 간 공무원 부모를 따라 이사한 것이었다. 그전에 우리는 그 친구에게 마지막 임무를 맡겼다. 우리가 처음에 도매상한테 속아서 산 질 나쁜 상품을 염가로 잽싸게 팔도록 했다. 나는 과도한 자신감이 야기한 결과에 누군가 결국 대가를 치러야 한다는 걸 알고 있었다. 그런데 우리는 참 무모하게도 충직하고 순진한 대역 친구를 믿었다. 그 친구는 곧 떠날 사람이었기 때문이다. 내가 어떤 위험에 처했는지 마지드에게 설명을 듣다보니, 예전에 어떤 집시와 몇 마디 나눈 뒤 그를 대역 친구에게 보냈던 기억이 났다. 그 집시가 폴리곤 사람이긴 했지만 혼자 왔기에 그렇게 위험한 인물이라고 느끼지 않았다. 그전까지 한 번도 본 적이 없는 사람이었고, 게다가 그가 다량의 대마초를 구하려 했기에 우리는 그 행운을 놓칠 수가 없었다. 우리가 판 질 나쁜 상품이 빠르게 사라지는 걸 볼 수 있는 그런 행운 말이다. 그리고 그 손님이 상품의 질을 따로 확인하지 않고 현금으로 계산을 했다는 이야기를 대역 친구한테 들었을 때, 나는 우리가 풋내기를 상대했고 앞으로 그 사람에 관한 얘기를 전혀 들을 일이 없을 거라고 확신했다. 아마도 내가 실수했던 것 같다.

정말 두려워지기 시작했다. "기다려봐. 근데 난 그 놈한테 판 게 아무것도 없어. 걔랑 말한 적도 거의 없다고. 불평하려면 우리 똘마니한테 해야 한다고!" 그 말을 들은 마지드는 몸을 일으켜 작은 방 안을 서성거리더니 "뭔가 해야 돼, 뭔가 해야 돼……"라고 말을 반복했다. 궁지에서 빠져나올 방법이 전혀 보이지 않았다. 하지만 이것이 우리가 사는 콘크리트 정글에서 자주 보이던 습관적인 관례였다. 그리고 나는 비겁하지 않았다. 내가 무슨 수를 써서라도 그 문제에 맞설 것임을 마지드도 알고 있었다. 단지 마지드는 내가 터무니없는 방식으로 행동하지 않기만을 바랐다. 우리는 이전에도 우리보다 훨씬 더 힘센 두 명의 터키인과 문제를 겪어본 적이 있다. 그때 난 체면을 구기지 않고 외교술을 부려 일생일대의 위기에서 벗어났다. (오히려 위험한 방법이었을 수도 있다.) 그리고 나서 마지드는 내게 환한 미소로 더할 나위 없는 고마움을 표시하기도 했다. 하지만 지금 상황에서 그 집시는 이미 자기 패거리를 불러 모은 듯했다. 싸움이 일대일 규모를 넘어서면서 상황에 대처하기가 더 어려워졌음을 우리는 알게 되었다. 집단 주택지에서 자신이 꼼짝없이 당한 사기를 점잖게 내버려두는 사람은 아무도 없었다. 게다가 집시들은 흑인이나 아랍인한테 속는 걸 최악의 수치로 여겼다. 이 모든 걸 마지드도 나만큼 잘 알고 있었다. 그 사람들이 나한테 감정이 있다는 걸 제대로 인식했고, 결국 그들은 마지드에게까지 손을 뻗칠 터였다. 구역에 살던 녀석들이 집시들한테 대들었다가 거의 죽기 일보 직전까지 갔던 숱한 모습을 우리 둘 다 기억하고 있었다. 어떻게든 상황을 진정시켜야 했다.

우선 나름대로 약간 조사를 해야 했다. 하지만 교차로에 죽치고 있는 녀석들한테 아무리 물어봐도 누구 하나 입 뻥긋하지 않았고, 말하고 싶어하지도 않았다. 어떤 사람은 그 집시가 얼마나 위험한지, 특히 집시들 사이에서도 얼마나 악명 높은 사람인지 분명하게 이야기해줬다. 이런 가치의 층위에서 나는 정말 하찮은 존재에 불과했다. 오래전부터 나는 그 어떤 무리에도 속하지 않았고, 우리 가족은 지극히 평범했기 때문이다. 어쩌다 나는 집시와 암거래를 하게 되었던 걸까?

후회하기엔 너무 늦은 상황이었다. 결국 나는 뚱뚱이 라시드를 만나러 가기로 마음먹었다. 라시드는 마약에 빠져 있긴 했지만 아직까지는 멀쩡했고, 집단 주택지에서 생기는 모든 일과 화젯거리에 빠삭했기 때문이다. 내가 갔을 때 라시드는 자신이 사는 건물 앞에서 내가 잘 모르는 세 녀석과 이야기를 나누고 있었다. 그런데 내가 그 무리와 악수를 하자마자 폭발음이 여러 번 울렸고, 그 틈에 회색 골프독일 자동차 브랜드 폴크스바겐의 준중형차 한 대가 부리나케 우리 쪽에서 멀어졌다. 땅바닥에 엎드린 우리는 다친 데 없이 무사했지만, 우리 뒤에 있던 철문에 총알구멍이 숭숭 뚫려 있었다. 난 거의 지릴 뻔했다. 그제야 누군가 나를 제거하려 한다고 확신했고, 그러한 보복은 두말할 것 없이 부당하다고 생각했다. (나중에야 당시 총격 사건이 나와 전혀 관계가 없다는 걸 알았다.) 나는 주저 없이 줄행랑쳤다. 제정신이 아니었다. 누군가 내 목숨을 빼앗으려 했던 건 그때가 처음이었다. 뇌오프에 온 후에 강도짓은 많이 하고 다녔지만 그렇게 심각한 상황에 놓인 적은 한 번도 없었다. 경찰 기관에 알려진 적조차 없었다! 어떤 상황에서라도 드러내곤 하던 자신감을 그때 처음으로 잃었다.

계속 뛰었다. 그 와중에 한 소형 트럭이 내 쪽으로 빠르게 다가오더니 눈앞에 급정차했다. 그 소리에 감히 몸을 돌리지도 못한 채 급히 멈춰 섰다. 내 심장은 요란하게 뛰고 있었다. 두 눈을 질끈 감았다.

"어이, 셰페르 선생 애제자!"

그 목소리를 바로 알아챘다. 마리아노! 내 친구 마리아노였다! 우리는 초등학교를 같이 다녔다. 학교에 마리아노 외에도 집시가 있긴 했지만, 그 친구는 보통 집시가 아니었다. 폴리곤에서 마리아노의 아버지는 두려움과 존경의 대상이었고, 그런 아버지의 역할을 마리아노가 자연스럽게 이어받았다. 마리아노는 아직 어렸지만 이미 거친 일을 도맡고 있었다. 그렇다고 그가 하는 일이 오래전부터 신실한 우정으로 이어져 있던 우리 사이를 가로막지는 못했다. 내가 생트안에서 공부하기 시작하면서 연락이 끊기긴 했지만, 마리아노가 폴리곤에서 진짜 보스가 되었고 모두가 마리아노를 따르고 있다는 걸 소문을 통해 알고 있었다. 트럭에서 내린 마리아노는 활짝 웃더니 나를 부둥켜안았다. 그리고 지금 자신이 프랑스 남부 지역에 살고 있고 어머니를 보러 스트라스부르에 왔다고 말했다. 또한 폴리곤에 돌아가보니 그곳 사람들이 뇌오프에 있는 어떤 흑인 마약상에 대해 얘기하면서 자기들 중 한 명을 속인 대가로 그 흑인을 '아프리카로 보내버릴 것'이라고 했다는 말도 곁들였다. 그 사람들 모두 대역 체계에 익숙했고, 정말 잘못한 사람은 '검둥이'라는 것도 알고 있었던 셈이다. 마리아노는 본능적으로 그게 나라는 걸 알았다고 단언했다. 그래서 마리아노는 그 사람들의 화를 누그러뜨리려고 고생하다가 본인이 직접 이 사실을 나한테 알리려고 거의 한 시간 동안 시내를 돌아다니고 있었다.

———

모든 아프리카인에게 가족 구성이란 끝없이 확장 가능한 것이다. 이즈음 몇 해 동안 나는 이 사실을 충분히 경험했다. 잡거雜居가 일상화된 우리 아파트는 스트라스부르 주재 아프리카 사령부처럼 변했다.

그 과정에서 우리 가족과 오랫동안 꿋꿋이 붙어 지내는 가족들이 생겼다. 그중 사부쿨루 가족이 있었다. 그들도 콩고 출신이었는데, 오트피에르에 살았다. 아버지는 중·고등학교에서 고전문학을 가르쳤고, 어머니는 가정주부였다. 두 사람 사이에 자녀가 넷 있었는데, 맏이인 위베르는 아버지의 첫 번째 결혼에서 얻은 자식이었다. 난 이들을 굉장히 좋아해서 함께 주말을 보내곤 했다. 하지만 콩고 가족들이 흔히 그런 것처럼 여러 해가 지났을 때 이들의 이혼 소식이 들려왔다. 이후 위베르와 위베르의 아버지는 뇌오프로 이사했다. 위베르는 곧 우리와 아주 빠르게 가까워졌고, 우리는 그를 진짜 맏형처럼 여겼다. 그리고 어머니도 위베르를 친자식처럼 대했다. 위베르는 우리 집에서 날마다 점심이나 저녁 식사를 함께 했다. 집단 주택지에서 위베르는 큰형으로서 흠잡을 데가 없었다. 근육질 몸에 2미터에 달하는 거구는 그 존재만으로도 안심이 되었다. 그는 항상 활기가 넘쳤고, 줄곧 아랫입술을 물어뜯으면서도 미소를 잃지 않았다. 위베르는 정갈한 프랑스어를 천천히 구사했다. 그러면서도 우리를 놀리려고 항상 문장마다 한 단어 이상은 음절을 뒤집어 말장난을 했다. 위베르는 집단 주택지에 사는 모든 녀석을 알고 있었다. 누가 어떤 나쁜 짓을 하는지도 알았기에 그런 녀석들과는 철저히 거리를 두었다. 석연치 않은 일엔 절대 발을 들여놓지 않았다. 내 생활 방식을 아는 만큼 나를 절대 함부로 평가하지는 않았지만 예시를 들어가며 설교하기를 좋아했다. 그는 정말 좋은 사람이었고, 요리 학교를 다니며 요리사가 되기를 꿈꿨다. 그는 어머니를 만나러 주기적으로 브라자빌에 가기도 했는데, 난 아직도 위베르가 브라자빌에 가기 전날 우리에게 차려준 환상적인 진수성찬을 기억한다. 고모의 말에 따르면, 위베르가 프랑스로 돌아오려 할 때 멋지게 수놓인 흰색 부부넓은 소매가 특징인 아프리카 의복를 입고 있었고, 가족 모두에게 빠짐없이 인사를 전해달라고 간청했다고 한다.

하지만 위베르는 돌아오지 않았다. 위베르는 1989년 9월 테네레 사막에서 숨졌다. 위베르를 싣고 프랑스로 향하던 UTA항공의 DC—10가 폭발하는 사고가 일어났기 때문이다. 당시 위베르는 스물한 살이었다. 좌석 예약 오류 등의 이유로 그날 비행기를 놓칠 뻔하기도 했다고 한다. 그렇지만 정말이지 "우리는 하느님 안에 있고, 하느님께 돌아간다".[2] 그해 내내 나는 위베르의 죽음을 슬퍼했다. 그러면서도 뭔가 오류가 있었다고, 위베르가 막판에 탑승을 취소해 결국 그 비행기를 타지 않았을 것이라고 믿었다. 위베르의 옷이 발견되었다면 분명히 위베르의 짐만 따로 왔다는 뜻이니까, 간혹 그런 경우가 있으니까 말이다. 그리고 위베르는 다시 나타나 우리한테 말장난을 하고 크게 웃을 것이다. 하지만 위베르는 다시는 나타나지 않았다.

---

2__ 코란 2장 156절.

———

그렇게 인생은 흘러갔다. 공부와 랩과 함께 열독, 돈, 마약, 죽음에 대한 질문도 점점 더 늘어갔다. 그러다가 빌랄과 함께 파리에서 만성절 연휴를 보내다가 어떤 일을 겪었고, 이로써 계속 갈팡질팡하던 내 인생은 중대한 전환점을 맞았다. 파리에 머무는 동안 사촌 프레데리크와 밤낮을 가리지 않고 이야기를 나눴다. 나는 프레데리크와 무엇이든 공유하는 관계가 되었음을 느꼈고, 둘이 대화를 할 때마다 내 일부를 비워내는 것처럼 있는 그대로 이야기를 꺼냈다. 그때까지 나는 이야기되지 않는 부분에 대해 의구심을 가지면서도 집단 주택지의 생활 방식에 따르며 이익이 되는 것만 좇았다. 내가 다른 사람과 맺은 관계들 중에 중립적인 것은 없었고, 어떤 말과 행동이 나한테 이득이 되는지만 따지곤 했다. 겉으로는 교양 있는 척하면서도 실제로는 자신을 보호하고 남에게 인정받는 데만 관심이 있는 뻔한 녀석이자 시시한 불량배에 불과했다. 내 지성은 오만이 낳은 명령들을 냉정하게 실천에 옮겼다. 하지만 이 모든 게 위베르의 죽음과 함께 무너져내렸다. 이를 통해 나는 처음으로 한계를 느꼈다. 아직 내가 어리다는 걸 깨달았고 겁이 났다.

그날 나는 '파리의 가족'이 살고 있던 플레시로뱅송의 거리를 거닐었다. 그러면서 여러 집단 주택지에서 일어나는 불행에 관한 생각을 프레데리크에게 털어놓았다. 플레시로뱅송은 단순한 공간을 넘어서 내게 정서적·육체적 휴식을 허락했다. 나는 처음으로 자신과 내 운명, 친구들의 운명을 누군가에게 터놓고 고민했다. 집단 주택지의 본모습은 무엇인지 곰곰이 생각하고, 거기에 사는 사람들이 가진 슬픔과 불행을 이해하고 또 남들이 이해할 수 있게 만들어야 한다고 설명했다. 그곳 사람들이 행복하게 사는 게 불가능하다고 말하지는 않았다. 하지만 그 사람들 스스로 그 상황을 선택한 게 아니고, 그들에게는 그 상황이 죽을 때까지 이어질 것처럼 보이기에 다들 고통스러워하는 거라고 이야기했다. 집단 주택지의 비극이란 곧 결정론이다. 즉 불행을 낳는, 혹은 넘어설 수 없는 운명을 인식하면서 생긴다. 그래서 사람들은 온갖 수단을 동원해 미친 듯이 돈을 좇는다. 돈은 행복을 보장해주진 않지만 사람들에게 선택권을 주기 때문이다.

이후 우리는 자연스럽게 종교에 대한 이야기를 나눴다. 대화의 내용은 별 게 없었다. 지금 그 대화를 다시 듣는다면 우리가 철학적인 척하며 나눈 논거의 순진함에 웃음을 터뜨릴 것이다. 하지만 당시 나에게 그건 무의미한 논의나 험담이 아니었다. 그때의 내가 갖고 있던 모든 불안과 질문을 그 안에 펼쳐보였기 때문이다.

내 신앙은 실질적이었다. 물론 불규칙한 면이 있었지만 실질적이었다. 결국 하느님은 내 인생 어디에든 있었다. 어머니의 태도와 말 속에, 내가 생트안에서 완성한 세계관 속에, 빌랄이 개종한 뒤 흥분하며 내게 전한 이야기 속에 모두 있었다. 하느님의 존재는 내가 갖고 있던 유일한 확신이었다. 하지만 내가 이해하는 데 애를 먹은 것이 바로 종교에 대한 견해였다. 물론 난 일요일마다 미사에 나가기도 했고, 세례를 받은 다음에 성찬을 하기도 했고, 성가대에서 노래를 부르기도 했다. 소년 성가대원으로서 예배 중에 텍스트를 읽는 역할을 맡기도 했고, 중학교 예배당에서 혼자 묵상을 한 적도 여러 번 있었다. 하지만 머지않아 가톨릭 교리에 대한 여러 의문을 품으면서 교리에 의존하지 못하게 되었다.

———

가톨릭 교리에 대한 최초의 의문은 이런 것들이었다. 삼위일체와 그리스도의 신성을 어떻게 이해해야 하는가? 그리고 그것이 내 인생에서, 일상적 사고 속에서 어떻게 나타나야 하는가? 나는 주변 사람들한테 끊임없이 물으면서 '나만의' 답을 찾으려고 애썼다. 교리문답이나 종교 문화 수업에서 르보르뉴 선생님, 프랑수아즈 수녀님, 나중에는 미리 선생님의 견해도 경청했다. 하지만 신학보다 더 개인적이고 실존적인 질문에 선생님들의 답변은 별 도움이 되지 못했다. 나는 내 마음속에서 그리스도를 찾을 수 없었다. 이성을 동원해 그리스도를 찾기도 했지만 계속 이해되지 않았다. '나 자신'도 이해할 수 없었다. 결국 한 가지 질문에 부딪혀 마음이 흔들렸다. 우리를 만든 하느님은 왜 우리가 그를 이해하기 어렵게 만든 걸까?

프레데리크와 열띤 대화를 통해 내가 갖고 있던 모든 질문을 공유했다. 비록 그날의 대화는 해결될 수 없는 모순으로 끝나긴 했지만,

인생 전반에 대해서 그리고 나를 완성시키거나 내가 그렇게 믿고 있는 것들의 바탕이 된 모든 가치에 대해서 재고하도록 이끌었다. 파리에서 연휴를 보내고 스트라스부르로 돌아온 나는 마치 안전핀이 뽑힌 수류탄 같았다. 돌아오던 열차 안에서 내가 갖고 있던 의문들을 전해 들은 빌랄은 내게 책 몇 권을 추천했고, 이후 나는 밤이 되면 그 책들을 읽느라 정신이 없었다. 그러고 나니 처음으로 내 안에서 답이 메아리쳤다.

이로써 모든 게 확실해졌다. 오랫동안 형을 통해 가까이했고, 이제는 내가 기대고 있는 이슬람교는 한순간에 나를 위한 증거의 힘이 되었다. '최초의 신자'(하니프hanif) 아브라함이 처음 증언한 이슬람교가 내 본연의 종교였다. 결국 나는 흩어져 있던 조각들을 다시 모아 붙이면서 전에 없던 기쁨을 맛보게 되었다.

———

"하느님 외에 다른 신은 없으며 무함마드가 그의 사도임을 맹세합니다!"

아랍어로 천천히, 분명하게, 정확한 발음으로 이슬람교의 신앙 고백인 샤하다를 읊었다. 오른손 검지는 하늘을 가리켰고, 몸은 계속되는 구슬ghusl 이슬람교에서 예배 전에 몸 전체를 씻는 행위로 흠뻑 젖어 있었다. 이날이 중요하다는 걸 확실히 느끼고 있었다. 그건 마지드도 마찬가지였다. 내 바로 앞 순서에 샤하다를 읊은 마지드는 샤하다를 반복하는 내 목소리를 듣고 환한 미소를 지었다.

파리에서 돌아온 뒤 2주 정도 지났을 때 마지드를 불러 간단하게 말했다. "사원에 갈까?" 사실 마지드는 알제리 출신으로 카빌리아의 베르베르 혈통을 지니고 있었다. 태어난 곳은 알제와 가까운 소도시 세르셸이었다. 마지드의 부모님은 무슬림이었지만 프랑스에 정착한 뒤 이슬람식 교육과 멀어졌고, 라마단 금식과 몇 가지 민속 양식만을 고수하면서 생활하고 있었다. 그래서 처음에 마지드도 이슬람에 대해 나와 비슷한 정도로, 다시 말해 제대로 아는 게 없었다. 약속을 잡으면서 우리는 다 안다는 양 서로 눈길을 주고받았다. 이쪽 길로 약속을 한다는 게 어떤 의미인지 잘 알고 있었고 그것을 직감했기 때문이다. 마지드가 대답했다. "사원 좋지. 그런데 그렇게 되면 이제 마약 파는 일도 하면 안 되고…… 그거랑 관련 있는 것도 전부 다 정리해야 된다는 거 너도 알잖아." 나는 마지드의 말에 동의했다. 우리는 관련 장비를 헐값에 급히 팔아버렸고, '범죄의 돈'으로 사들인 막대한 양의 새 옷도 태워버렸다. 그리고 운명적으로 집단 주택지 사원이 아닌 도심 사원을 선택했다. 덕분에 우리가 나쁜 짓을 일삼는다는 걸 너무도 잘 아는 하지이슬람교에서 메카 순례 또는 그 순례를 마친 이를 높여 이르는 말 어르신들의 따가운 눈초리로부터 어느 정도 자유로울 수 있었다. 스트라스부르 대사원은 내가 입학할 노트르담데미뇌르 고등학교와 벽 하나로 나뉘어 있었다. 이상하게도 그날 오후 내내 우리는 사원의 입구를 찾아 헤매다가 끝내 전통 의상을 입은 유대교 수도사에게 길을 물어야 했다. 그 남자는 눈을 크게 뜨더니 소박한 미소를 보이고는 가던 길을 갔다. 그는 우리가 자기를 놀린다고 생각했겠지만 분명 그럴 의도는 없었다.

그렇게 첫날이 지나고 몇 달이 흘렀다. 그사이에 우리는 이슬람교를 지탱하는 다섯 가지 기둥인 신앙 고백, 기도, 라마단 금식, 기부, 메카 순례에 대해 배웠다. 목욕재계하는 방법, 아랍어로 코란의 첫 구절인 파티하fatiha와 마지막 세 장을 암송하는 방법, 금식하는 방법 등 개별적인 양식도 습득했다. 우리가 공식적으로 무슬림이 되던 날, 이제는 대사원에 익숙해져 있었다. 이날부터 우리는 운명을 한 공동체 전체의 운명에 맡겼다. 당시 그 공동체를 상징한 두 형제가 마지드와 나의 이슬람교 귀의를 정식으로 인정했다.

이로써 나는 압드 알 말리크가 되었다. 이후 내 생활은 매일 다섯 번 치러지는 기도에 리듬을 맞췄다. 할랄halal 의례에 따라 나는 제물이 아닌 돼지고기와 소고기는 더 이상 먹지 않는다. 어머니는 아들의 개종을 바람직한 행실로 받아들였다. 그리고 대화가 거듭되면서 가족들의 시선은 곧 무관심에서 호기심으로 변했고, 결국 이슬람 사상에 대한 진정한 관심으로 이어졌다. 우리 부모님들, 그러니까 스트라스부르에 사는 어머니와 플레시에 사는 고모는 진심 어린 아량으로 자식 모두가 하나둘씩 전에 없던 신앙을 갖는 상황을 받아들였다. 어느 날 어머니는 나에게 종교란 하나의 수단일 뿐이고 목표만이 중요하다고 말하기도 했다. 평생 가톨릭만 알고 지내던 이 여인은 조부모

이전의 세대부터 이어져온 가족의 종교적 전통을 아들들이 이어나가지 않는 상황에 크게 동요하지 않으면서 현실을 받아들였다. 한참이 지나서야 나는 이런 어머니의 태도가 얼마나 위대했는지를 깨달았다. 그때만 해도 나를 놀라게 하는 건 아무것도 없었다. '진실은 거짓을 이길 수밖에 없었기에.'

이처럼 내가 갖고 있던 근본적인 의심은 순식간에 전적인 지지로 바뀌었다. 내가 갖고 있던 범죄적 반응은 이 새로운 기질에 녹아버렸다. 내가 저지른 죄가 항상 눈에 띄지 않았던 것처럼 이 과정도 겉으로는 드러나지 않았다. 하지만 나는 내 일부와 완전히 단절됨으로써 다른 사람으로 거듭났다. 그때부터 읽고 배우는 데 대부분의 시간을 보내면서 계속 신앙심을 다져나갔다. 고등학생 때는 인문과학 계열 선생님들한테 달라붙어서 참고 서적을 추천해달라고 부탁했다. 나는 어디서든 책을 읽었다. 집에서, 대중교통을 이용하면서, 학교에서 쉬는 시간을 활용해서 책을 읽었다. 독서에 대한 열망은 나를 떠나지 않았다. 종교 관련 여부를 떠나 모든 지식을 받아들였지만 내 생각과 비슷한 것, 이슬람교를 찬양하는 데 기여할 수 있는 것, 다른 종교적·철학적·도덕적 관념의 전통에 비해 이슬람교가 우월함을 확인할 수 있는 것이면 좀더 흥미를 느꼈다.

이런 끈기와 열정은 우수한 학업 성적으로 이어졌다. 얼마 뒤 나는 인문계 바칼로레아를 통과했고, 그중 철학은 20점 만점에 17점으로 바랭 지역에서 최고점을 받았다. 결국 스트라스부르 인문과학 대학의 고전문학 학부에 입학했다. 어머니에게 이런 결과는 마치 내가 달 위를 걷는 것과 마찬가지였다.

# 3 장

# 교외의 이슬람교

As-salat kharyu min an-nawn······ '기도가 잠보다 낫다······' 나는 아파트에서 가장 먼저 일어나곤 했다. 목욕재계를 하자마자 신중함과 순수함을 상징하는 하얀색 젤라바모로코와 알제리의 전통 의상으로 소매가 넓고 두건이 달린 원피스 스타일의 의복를 입고 양털로 된 셰시아주로 남성 무슬림이 쓰는 챙 없는 모자를 머리에 쓴 다음 작고 투명한 플라스크를 열어 향유를 발랐다. 그리고 사람들이 깨지 않도록 조심스럽게 발걸음을 옮겨 내가 묵는 아파트와 마주하고 있는 건물 1층으로 향했다. 그곳에 있는 방세 칸짜리 공간은 이슬람 사원의 역할을 했다. 어느 날, 기도를 마친 우리에게 어떤 하지가 말문을 열어 사람들이 스스로에게 부여한 이미지라 할 수 있는 옷차림이 내적 생활에도 영향을 미친다고 설명했다. 그 사람이 메카 순례를 마쳤다는 사실이 그 사람의 이야기에 절대적인 권위를 부여했다. 실제로 나는 순나sunnah에 따라, 즉 전통 의상으로 차려입기로 한 금요일마다 내 안에서 '종교적 집중' 상태가 싹튼다는 걸 깨달았다. 그게 나를 뿌듯하게 만들었다. 그렇게 옷을 차려입고 집단 주택지에 있는 다른 사원에 가다가 무슬림이 아닌 사람들이 나를 뚫어져라 처다보면 일종의 희열을 느꼈다. 외부의 강요가 아닌 내 의지에 따라 몸을 담은 공동체에 소속감을 느꼈다. 이렇게 다른 무리와 차별화되는 점은 내가 온전히 존재한다는 느낌을 갖게 했고,

교외의 이슬람교
—

091

결국 순나에 따른 옷차림으로 대변되는 나만의 정체성을 발견하도록 했다. 머지않아 나는 아침마다 순나식으로 옷을 입게 되었다.

　사원에 가장 먼저 도착하는 사람은 이맘이었다. 30대 나이에 보통 키의 이맘은 항상 깔끔한 복장을 하고 다녔다. 엷고 희끗희끗한 수염이 인상적이었고, 눈 밑의 다크서클은 그가 가진 힘과 차분함을 드러냈다. 이맘은 모로코 페스 출신이었다. 그는 더듬거리며 프랑스어를 말했지만 이해는 아주 잘했다. 이맘이 외국인이고 집단 주택지의 젊은이들의 사고방식을 제대로 모를 때도 있다는 사실은 내게 전혀 문제가 되지 않았다. 나중에야 나는 우리보다 이맘에게 더 낯설 만한 이 세상에서 그가 우리를 인도할 능력이 있는지 의심을 품기도 했다. 하지만 당시 내게 이맘의 이국적인 요소는 이슬람교를 특징짓는 보편성과 다양성을 대변했다. 아파트 사원의 문을 연 이맘은 자신의 집무실로 돌아가 그곳에 머물렀고, 집무실 문을 반쯤 열어놓은 채 코란이나 다른 성전 문헌을 읽곤 했다.

　대개 나는 세 번째로 도착해서 신발을 벗고 오리엔트풍 양탄자 위를 밟았다. 그리고 누구나 사원에 들어가면 의무적으로 해야 하는 라카트rakaat 엎드려 절하는 의식을 두 번 했다. 이맘 외에도 비우드라는 하지 어르신도 와 있곤 했다. 아침마다 비우드는 동일한 의식을 치렀다. 창문을 열고, 커튼을 걷은 뒤 방을 환기시켰다. 항상 이 순서에 따랐다. 나는 페리괴가 쪽으로 향한 창가 밑 난방기 근처에 앉아 아잔adhen, 즉 기도의 부름을 기다리며 코란을 읽었다. 라카트를 두 번 하고나서 이맘이 "타크비르takbir, 하느님은 가장 위대하다Allah ou akbar"라고 말할 때까지 그 작은 사원이 가득 차 있는 경우는 드물었다. 그런 상황에서 의무적인 오전 기도인 서브subh가 시작되었다. 마지막으로 "당신에게 평화가 깃들기를Salam oua likoum"이 나올 때까지 우리는 의식에 집중했다. 그러고 나면 평화가 우리와 함께했다. 양손을 무릎 위에 놓고 앉은 상태에서 머리를 오른쪽에서 왼쪽으로 돌린 뒤, 각자 입술 위로 빛을 받으며 자신의 거처로 돌아갔다.

아침 햇살이 보이기 시작하는 순간, 새들의 노래가 그 햇살을 즐겁게 맞이하는 순간, 얼굴을 스치는 미풍이 느껴지는 순간을 음미했다. 행복했다. 그렇게 집에 도착하면 다들 여전히 잠을 자고 있었다. 내 방으로 들어가서 세시아와 젤라바를 차례로 벗은 뒤 아직 온기가 남아 있는 침대 속으로 다시 들어갔다.

가족과 함께 아침 식사를 한 뒤 그날 수업을 들으러 갔다. 그리고 오후가 끝날 무렵 집단 주택지에 돌아오자마자 그날 못다 한 기도를 서둘러 마무리했다. 이후 잠깐 과제나 독서를 하고 저녁 식사를 마친 뒤 사원에 있는 형제들을 다시 만나러 갔다. 마지드의 이야기에 따르면, 마키아벨리는 권력을 잃고 나무꾼들의 거처로 피신해 그곳의 예의범절, 언어, 의복을 받아들였지만 집으로 돌아가자마자 봇짐에 숨겨두었던 피렌체 고관의 정장을 입고 자신의 진짜 정체성을 되찾았다고 한다. 이 일화가 사실인지 아닌지는 확인할 수 없지만 나는 이 이야기로부터 많은 영향을 받았다. 그래서 학교나 행정 기관과 같은 외부 단체 환경에서 벗어나기만 하면 젤라바나 파키스탄 옷 한 벌(샬와 카미즈shalwar-kamiz)을 세시아와 맞춰 입었다. 여기에 수염까지 기르면서 나의 본질에 관한 생각에 모든 면을 맞췄다. 과거의 나, 레지는 죽고 압드 알 말리크로 다시 태어났기 때문이다. 그렇게 옷을 입으면 나는 한 사람인 동시에 여러 사람, 즉 한 개인이자 전 세계에 널리 퍼져 있는 약 10억 인구의 공동체가 되었다. 그렇게 강인함을 느꼈다.

사원에서 (해질녘에 하는) 마그리브maghrib 기도와 (마지막 기도인) 이샤isha 기도 사이에 저녁을 맞이하면 우리는 하디스 모음집을 읽었다. 예언자 무함마드(PSL3)의 설화로 구성된 하디스는 코란에 담겨 있지 않은 그의 현명한 언행을 전한다. 토요일 밤마다 우리는 대여섯 명씩 모여서 공부를 하다가 같이 밤을 새우곤 했다. 이런 밤샘은 보통 예언자 무함마드(PSL)와 이슬람교와 관련된 다른 인물들의 생활을 대상으로 삼은 이슬람 판례 수업으로 채워졌다. 그리고 나서는 새벽까지 코란과 하디스를 읽었다. 이따금 기도나 종교적 논의가 이어지기도 했다. 전통에 따른 이런 토론(무다카라mudakara)은 어떤 상황을 가정한 뒤 이때 취할 수 있는 '이슬람다운 태도'는 무엇인지 결정하는 방식이었다. 여성과 인사할 때 악수를 하는 것은 적법한가, 영화관이나 텔레비전에서 영화를 보는 것은 '표현의 금지'와 양립하는가, 이런 '기초적인' 질문들을 놓고도 머리를 쥐어짰던 기억이 난다. 나는 지금도 여전

3__ Paix et Salut sur Lui의 약어. 뜻은 '그에게 평화와 안녕이 깃들기를'이다.

히 적법한 사항(할랄halal)과 금지된 사항(하람haram)을 구별하려는 강박을 갖고 있다. 고백하건대 법률 존중주의자가 가질 만한 질문에 불현듯 사로잡히는 경우가 생긴다. 예를 들어 난 이성을 소개받으면 습관적으로 공손하고 상냥하게…… 그러니까 자연스럽게 행동하려고 한다. 음, 하지만 가끔 본의 아니게 '이 사람이랑 악수를 할 수 있을까, 해야 할까, 하지 말아야 하나?'라는 질문을 다시 떠올리면서 그런 내 모습에 놀라곤 한다. 그렇게 잠시 망설이다 크게 후회한다!

여성, 그리고 여성과 나눌 수 있는 이야기의 수위는 종종 우리에게 주된 걱정거리였다. 여성은 어떻게든 피해야 하는 유혹의 형상을 상징했다. 당시 난 이런 관점에서 히잡의 문제를 생각했다. 많은 형제와 마찬가지로 결혼을 죄의식을 유발하는 것으로만 바라봤다. 이렇게 하는 게 더 이상 유혹에 빠지지 않는 확실한 방법이었다. 결국 난 이맘의 책장에서 대성녀이자 시인인 라비아 알아다위야Rabia al-Adawiya에 헌정된 작은 책자를 꺼내들었다. 라비아는 8세기 이라크에서 많은 남성 제자를 아울렀던 인물이다. 책을 읽으면서 내가 갖고 있던 확신은 잠시 동요했지만, 나의 세계관은 틀에 박혀 있고 아주 편협한 데다 이분법에 천착한 탓에 거의 내면화되지 못했다. 나는 이슬람교를 성실히 실행에 옮길 수 있는 계율처럼 받아들였다. 그 규율을 통해 모면할 수 있는 것들을 모두 확인함으로써 더할 나위 없는 만족감을 느꼈다. 우리가 밤을 새는 동안 건물 밑에 있던 젊은이들은 마리화나를 피우거나, 8,6(0.5리터 캔에 든 알코올 도수 8.6도짜리 네덜란드 맥주)을 계속 들이켜거나, 완전히 정신이 나간 것처럼 소리를 질러대거나, 다른 사람이 짜증나게 하면 심하게 싸웠다. 모두가 자신들이 훔친 자동차 타이어의 마찰음을 배경 음악으로 삼아 대부분의 시간을 보냈다. 반대로 우리는 확실히 사람 수는 더 적었지만, 진지하고 진심 어린 연대의 분위기 속에서 모임을 이어나갔다. 물론 마지드와 나는 이미 가까운 사이였고, 다른 사람들은 이슬람교를 통해 우리 형제가 되었다. 우리가 보기엔 여기에 엄청난 가치가 있었다. 그리고 아랍어가 능숙한 일부 형제들은 우리가 코란의 구절을 정확히 발음하는 것이나 아랍어의 철자법과 문법의 기초를 익히는 데 도움을 주기도 했다.

당시 우리는 신앙서에 나온 대로 대예언자(PSL)가 생존했던 시기의 무슬림들처럼 사는 것을 이상으로 삼았다. 우리가 보기에 현대의 서구세계는 무미건조하고 물질주의적인 가치에 찌들었으며, 인간의 존엄성과 정신성에 무관심한 나머지 심각한 병폐와 같은 역사적 착오를 낳고 있었다. 이슬람교를 믿는 것만이 유일한 치료법이었다. 물론 이런 서양의 현실에 잠식된 무슬림으로서 우리는 그 상황을 비판하고 수정하기에 특별히 좋은 위치에 있었다. 하지만 우리가 순수하게 유토피아를 지향하더라도 이분법적 시각은 언제든 증오심을 드러낼 위험이 있었다. 너무 과도한 언어 표현은 폭력적인 의도가 없더라도 우리가 사는 현대적 맥락을 해치면서 선험적인 도덕적 견해로 이어질 수 있었다. 우리가 처한 환경에 대한 거부감은 상당히 구체적인 현실에 근거를 두기 쉬웠고, 우리는 희생자를 자처하면서 그런 현실을 빠르게 해석했기 때문이다. 간단하긴 해도 체계적인 검문을 받을 때 우리는 모두 굴욕을 겪지 않았는가? 이 가운데 일부는 경찰의 폭력도 겪지 않았는가? BAC<sup>brigade anti-criminalité</sup> 범죄 단속반의 과도한 추격으로 우리는 얼마나 많은 동료를 잃었는가? 흑인이나 깜둥이의 살인 의지를 과하게 의심해서 생긴 '불찰'이 끝내 유죄 판결을 얻지 못한 경우가 얼마나 많은가? 경찰, 직장 동료, 행정 기관과의 관계 속에서 숱한 모욕과 명백한 인종 차별을 받고 자존심이 상하지 않았던 사람이 우리 중에 누가 있나? 두 세대에 걸쳐 사회적으로나 가정적으로 어려운 상황을 모두 겪었다는 건 두말할 필요도 없다. 결국 우리에게 조금이라도 밀접한 영향을 미친 모든 사건은 이슬람교에 뿌리를 둔 이타주의를 전적이고 무조건적인 혐오로 바꿀 수 있었다.

우리는 아흐메드 디다의 모습이 담긴 비디오테이프와 그가 남긴 작은 책을 보며 열정을 키우기도 했다. 인도 출신의 남아공인이자 이슬람교 전도사인 아흐메드는 독학을 통해 논객이 되었던 인물이다. 기독교 최고위층을 향한 아흐메드의 날선 비판은 서양의 문명적·도덕적·종교적 쇠퇴에 관한 우리 입장을 굳히기도 했다. 하지만 나는 그의 견해에 비판적으로 거리를 두었다. 이는 우리가 스트라스부르 역 근처 이슬람교 전문 서점에서 구했던 그의 책과 비디오들을 보고 지나친 오만을 갖게 되었음을 재차 깨닫게 했다. 설교의 교활한 수사가 증오심을 직접적으로 호소하지 않으면 그 효과는 비정상적으로 커졌다. 무지에 사로잡히고 자신만의 허구에 눈이 먼 타자, 즉 기독교인과 서양인은 거만한 동정을 받을 만했고, 결국 전혀 중요하지 않았다. 이렇게 존중이 부족한 상황은 가끔 날 불편하게 만들었다. 하지만 내가 이슬람교를 사실상 제대로 모른다는 것, 혹자들이 정말 전달하고 싶어했던 것만 안다는 것, 그 메시지가 그들의 빈약한 견해와 마찬가지로 특별히 볼 게 없다는 것을 계속 깨닫지 못했다. 영적으로 애매한 상태에서 내가 품은 약간의 의구심을 우리 모임에서 드러내지 않았다. 오히려 나는 진실의 길 위에 있으며 우리는 구원을 받았고, 우리를 따르지 않는 사람은 자멸할 거라고 확신했다.

나에겐 우리 모임의 평균 연령이 문제였다. 이슬람 사원에는 연장자들, 아니 정확히 말해 노인들만 들락날락했다. 이 사실을 용납할 수 없었다. 젊은이들이 저 거리 도처에 널려 있지 않은가! 그런 젊은이들을 끌어들이려면 우리가 뭐든 해야 한다는 생각이 들었다. 실제로 그 친구들이 권총 강도, 마약 밀매, 도둑, 마약 중독자라 해도 대부분 무슬림으로 태어나지 않았을까? 그리고 다른 문화에 적응하는 게 어렵다면 자신에게 다가가는 것이 좀더 확실하지 않을까? '너에게 너의 목정맥보다 더 가까운' 하느님보다 더 가까운 건 무엇인가? 그 친구들이 눈 뜨는 걸 돕는 길이 있다면 거기에 빛이 있다는 생각이 들었다. 하지만 토요일 저녁 모임에서 내가 새로운 신도를 받아들일 의향이 있음을 내비쳤을 때, 모든 형제가 내 의견에 동의만 했을 뿐 누구도 구체적인 활동을 제안하진 않았다. 나 역시 머릿속에 정리된 게 하나도 없었기에 좌절감을 느꼈다. 결국 이 문제는 나를 불면증에 빠뜨릴 정도로 머릿속을 쉽게 떠나지 않았다.

———

　1994년 라마단 기간이던 어느 날, 오후 기도를 마치고 집으로 돌아가기 위해 몸을 일으킬 채비를 하고 있었다. 그런데 갑자기 들린 말소리에 움직임을 멈췄다. "당신에게 평화가 깃들기를…… 친애하는 형제님들…… 잠시 시간을 내주시면 감사하겠습니다……" 얼굴에 수염을 기르고 파키스탄식으로 터번과 옷을 착용한 세 명의 젊은이가 신도 무리 앞에서 몸을 곧추세웠다. 그 옆에는 이맘이 책상다리로 앉아 조용히 전통 기도를 읊조리고 있었다. 세 명 중 체격이 가장 좋은 사내가 말을 이었다. "아스르$^{asr}$ 기도를 허락하신 하느님을 찬양합시다. 예언자 무함마드(PSL)에 따르면 아스르 기도는 수브흐$^{Subh}$ 기도와 더불어 가장 중요한 기도입니다. 하지만 저 바깥에 있는 길 위에서 스스로 무너져만 가는 당신의 아들들, 형제들, 딸들, 누이들에게 이 기도가 무슨 상관일까요?"

　깜짝 놀란 나는 자리에 다시 앉았다. 이전까지 한 번도 본 적이 없는 형제 셋이 내가 몇 달 전부터 그토록 듣고 싶어했던 얘기를 하고 있었다. 나는 환희에 젖었다. 그 형제는 "무슬림은 스스로 사랑하는 걸 형제를 위해 사랑하기" 때문에 무슬림 개개인이 이슬람을 전파할 의무가 있다고 하며 이야기를 이어나갔다. 이슬람교는 우리 모든 악행에 대한 해답이었기에 난 그의 말 하나하나에 귀 기울였다. 그가 이야기를 이어가는 동안 그 젊은 연설자의 박식함, 자신감, 카리스마에 아주 깊은 인상을 받았다. 마지막에 그 형제가 '피 사빌릴라히fi sabilillah' 즉 '하느님의 오솔길 위에', 혹은 '하느님을 위해' 자신들을 따라나설 준비가 된 자가 누구냐고 물었을 때 나는 그게 무엇인지도 모르고 손을 들었다. 그리고 홀 저편 끝에서 팔 하나가 주저 없이 올라오는 게 보였다. 마지드였다. 그날 오후 그렇게 손을 든 사람은 우리 둘밖에 없었다. 사원이 텅 비자 마지드와 세 형제들, 그리고 나는 빙 둘러앉았다.

그전까지 나는 이 세 사람처럼 행동하는 이를 본 적이 없었다. 우리에게 말을 할 때 세 사람은 우리 눈을 똑바로 쳐다봤고, 빠르진 않지만 단호하고 명확하고 잘 들리게 의사를 표현했다. 남의 말을 끊는 경우는 절대 없었다. 그리고 세 사람은 감탄 섞인 찬성의 뜻을 전하기 위해 '하느님의 뜻이니라!masha'Allah'라고 하거나 '놀랍도다' 혹은 '경이롭도다!ajib'라고 했다. 그러면서 우리에게 계속 '하느님의 축복이 당신과 함께하기를!barka 'allahu fik'이라고 덧붙이며 하느님의 축복을 빌 기회를 놓치지 않았다. 세 사람은 자신들이 실티카임과 쾨니크쇼펜에 거주 중이며 각각 전직 마약 중독자, 전직 도둑, 전직 뚜쟁이였다고 말했다. 이슬람교를 만나지 못했다면 결국 보호 시설이나 교도소에서 수년 동안 썩거나 영안실에 있었을 것이라고 말했다. 자신들은 하느님께 빚을 지고 있고, 비참한 처지에 놓인 젊은이들을 돕는 것이 자신들의 책무이자 신께 감사를 표하는 일이라고 단언했다. 그러면서 '하느님의 오솔길로 나선' 이슬람교 전도사들인 '타블리그 형제단'에 가입할 것을 권유했다. 그들의 말에 따르면 이 운동은 1927년 인도에서 탄생했고, 무함마드 일리아스라는 인물의 포교에 따랐다. 무슬림들은 대예언자(PSL)의 모범적인 삶을 본받아 행동함으로써 이슬람교를 다시 활성화시키는 것을 사명으로 삼고 여기에 헌신했다.

당시 함께한 세 형제 중에 군중 앞에서 말을 한 사람의 입심이 가장 좋았다. 그는 잠시 말을 쉬더니 설명을 이어나갔다. "우리는 하느님의 오솔길로 나선 대예언자(PSL)의 교우들이 나타낸 시파$^{sifa}$(자질)들을 얻고자 노력합니다. 그 자질들은 다음과 같습니다. 첫째, 복음입니다. '하느님 외에 다른 신은 없으며, 무함마드가 그의 사도입니다.' 둘째, 집중과 헌신을 다한 기도입니다. 셋째, 종교적 기술과 하느님 이름을 환기하는 것(디크르$^{dhikr}$)입니다. 넷째, 무슬림에 대한 관용입니다. 다섯째, 목적의 진정성입니다. 그리고 마지막 여섯째, 알라의 종교를 널리 알리고 '그의 길로 나서는 것입니다." 그는 하디스의 한 구절을 인용하며 열거를 마무리했다. "좋은 무슬림의 자질 중 하나는 우리와 관계없는 일에 엮이지 않는 것입니다!" 나는 거침없으면서도 잘 짜여 있고 단호해 보이는 그의 이야기에 매료되고 말았다. 이 이야기는 이후에 내가 수없이 반복했고, 지금도 아주 뚜렷하게 기억하고 있다.

마지막으로 세 사람은 우리에게 '하느님의 오솔길로 나선다'는 행위가 구체적으로 무엇인지, 기간에 따라 여러 가지 방법을 고안할 수 있음을 강조하면서 설명을 더했다. 여기엔 3일짜리(실제로는 금요일 저녁부터 일요일 오후까지 이어지는 주말), 10일짜리, 40일짜리, 4달짜리, 그리고 마지막으로 1년짜리 방법이 있었다. "하지만 여러분은 3일짜리 방법부터 시작할 수 있습니다!" 수염을 기른 건장한 형제가 웃으며 말했다.

———

집으로 돌아와 그날 있었던 만남을 계속 생각했다. 그리고 이튿날 이 이야기를 빌랄에게 꺼내고 바로 그가 처음에 가졌던 망설임을 버리고 '떠나야 하는' 의무를 지키도록 설득했다. 곧이어 나는 무함마드 일리아스의 운동이 가진 절대적인 정당성과 여기에 가담해야 할 필요성에 대해 NAP의 멤버들을 납득시켰다. 그리고 토요일 저녁 모임에 참가하는 형제들까지 운동에 가입시켰다. 나중에 마지드의 이야기를 들어보니 실제로 이 형제들은 우리보다 더 오래전부터 그 운동을 가까이하고 있었다. 나의 열의를 보고 자신들의 상황을 내게 밝히지 못했던 것이다. 여러 달 전부터 내가 실망하며 괴로워하는 모습을 보고도 그동안 타블리그를 권하지 않아서 내게 비난을 받을까봐 걱정했다고 한다.

세 전도사를 만난 지 겨우 일주일이 지났을 때 우리는 벌써 자마트jama'at를 만들었다. 자마트의 구성원 10명은 처음부터 '주말 프로그램'을 선택할 만큼 의욕이 넘쳤고 각오가 대단했다. 그다음 주말 전날에 우리는 모두 쾨니크쇼펜에 있는 사원으로 향했다. 일반적으로 스트라스부르에 있는 모든 단체가 그곳에서 파견되었다. 우리는 콜마르와 생타볼에 가기로 예정되어 있었고, 그곳에서 우리가 도착할 것임을 미리 통보 받은 타블리그의 다른 형제들이 자신들의 사원에서 우리를 맞이하기로 했다. 뇌오프에서 알게 된 세 전도사 가운데 말수가 적은 두 사람이 우리와 동행했다. 나머지 한 사람은 넉 달짜리 스페인 일정을 '나갔다'. 나는 운동의 실효성과 국제주의적 성격에 그리 놀라지 않았다. 반면 세 사람은 내가 단체를 만든 속도에 깊은 인상을 받았다고 했다. 그리고 내가 50프랑 정도를 부담하면서 이런저런 경비를 대자 칭찬을 아끼지 않았고, 최고의 경의로써 나와 내 가족 모두에게 신의 은총이 깃들기를 빌었다.

팀은 7명씩 두 그룹으로 나뉘었다. 그리고 협의를 통해 두 명의 형제가 각 그룹의 대표(에미르)로 정해졌다. 나는 파란색 미니밴을 타고 생타볼로 가는 그룹에 속했다. 우리는 수많은 마을을 지나며 생타볼로 향했다. 에미르는 이동하면서 우리 여정에 축복이 깃들도록 기도하고, 우리에게 차례대로 코란의 마지막 10장을 암송시켰다. 그리고 우리에게 침묵을 지키며 묵주 신공과 함께 샤하다의 첫 부분인 '하느님 외에 신은 없다La ilaha illa'llah'를 낮은 목소리로 반복하게 했다. 그러는 동안 에미르는 나중에 내가 수없이 입에 담게 되는 한 가지 이야기를 들려줬다. 간단히 말해 이런 이야기였다. 프랑스에서 어떤 두 형제가 '하느님의 길로 나섰던' 덕망 있는 파키스탄 셰이크를 호위하는 임무를 맡았다. 하지만 돌아오는 길에 두 사람이 주유하는 걸 깜빡하는 바람에 한밤중에 허허벌판에서 차가 고장이 나고 말았다. 그러자 묵주를 집어든 노인이 두 형제에게 무슨 일이 생기든 절대 멈추지 말고 조용히 샤하다를 반복하라고 권유했다. 일행은 연료 탱크가 텅 빈 상태로 약 5킬로미터를 주파했다고 한다. 지금 이런 맹신을 접했다면 웃거나 얼굴을 찌푸렸겠지만, 당시 나는 놀랄 게 전혀 없는 세상 속에서 진심으로 경이를 찾아 헤맸다. 이런 이야기는 내게 꿈을 안겨줬다. 우리 모두가 어느 정도 이런 상황에 처해 있었고, 그런 기상천외한 이야기들은 하나의 모험을 공유한다는 느낌으로 그룹의 결속력을 다졌다.

우리는 생타볼에서 3일 동안 기도하고, 거리에서 전도를 하면서 많은 것을 배웠다. 우리는 숙박객들이 머무는 사원에서 토의를 했다. 모든 시간은 에미르의 감독하에 전도(다와<sup>daʻwa</sup>)와 일상적인 의무(키드마<sup>khidma</sup>)를 위해 사용됐다. 저녁에 마지막 기도를 끝내고 나면 우리는 즐겁게 식사를 함께하고 대예언자(PSL)의 교우들이 살아온 이야기를 읽은 뒤 각자 침낭을 펼쳐 기도실을 공동 침실로 바꿨다. 나중에 브장송에 갈 때 우리 에미르가 된 셰리프는 소쇼 지역에서 온 알제리계 청년이었다. 어느 날 셰리프는 우리를 사원으로 초대한 형제들에게 우리가 자거나 먹는 모습을 절대 보여서는 안 된다고 말했다. 그 사람들에게 우리가 천사처럼 보여야 우리 이야기가 더 깊은 인상을 남긴다는 것이었다. 우리는 새벽 기도를 마치고 나서 당일 일정을 짠 뒤 9시쯤까지 다시 잤다. 그런 다음에 아침 식사를 했다. 이어서 코란이나 하디스의 구절, 아니면 교우들의 주요 자질을 담은 시파<sup>sifat</sup>를 암송하거나 익혔다. 그리고 정오 기도가 끝난 직후 사원이 비기 전에 남아 있는 신도들을 대상으로 우리와 함께하자고 열심히 재촉했다. 호소에 넘어간 신도들은 점심 식사를 마치고 우리와 다시 만나 함께 밖으로 나갔다.

거리에서 우리는 에미르(그룹 전체의 에미르가 없으면 새로 지명한다), 대변자, 안내자(장소와 거주민들에 대한 지식에 따라 숙박객 중 지명한다), '기원자'(유일한 의무로 조용히 하느님의 이름을 기도하며 그룹이 돌아올 때까지 보통 사원에 머무른다), 이렇게 네 그룹으로 이동했다.

이처럼 '하느님의 길로 나서기'와 관련된 모든 행위는 세심함을 추구하는 조직을 따라 꾸준히 진행된다. '나서기'란 세계 곳곳으로 이슬람교를 전파하러 다녔던 대예언자들의 교우들이 취했던 자세를 따르는 것이다. 나가는 사람들은 이 부분을 계속 기억해야 한다. 타블리그의 형제들은 (한편으로는 공동체 전체가 그런 것처럼) 무엇보다 의도를 강조한다. 따라서 에미르는 길을 나서기 전에 그룹의 멤버들에게 개별적으로나 전체적으로 자신의 의도를 재고시켜 그 계획이 하느님의 허락을 받을 수 있도록 해야 한다.

나는 편협한 신앙심과는 거리가 먼 경건한 분위기와 행동하고자 하는 열의에 사로잡혀 프랑스 전역을 누비며 전도활동을 하게 되었다. 끊임없이 이동하면서 각양각색의 많은 사람을 만났고, 다들 흥분을 감추지 못했다. 그중에 백인 개종자인 야히아가 있었다. 소쇼에서 처음 만난 야히아는 흰 터번에 폭이 넓은 빨간 젤라바를 착용하고 있었다. 야히아의 입장은 다음과 같았다. 타블리그의 운동만이 신자들의 삶을 제대로 바꿀 수 있고, 추상적인 강연과 견해는 아무 소용이 없으며 매일을 그저 대예언자(PSL)의 동료들처럼 살고 당연히 거리에서 전도활동도 해야 한다. 그렇게 하면 우리가 이슬람교를 제대로 이해할 수 있다. 그리고 또 기억에 남은 사람들 중 한 명은 마르세유 출신의 라시드다. 그의 가족은 모두 타블리그였고, 이미 인도, 파키스탄, 방글라데시에 여러 번 '나간' 경험을 갖고 있었다. 그는 한때 지역을 휩쓸고 다닌 중범죄자였다가 에이즈 바이러스 보균자라는 진단을 받고는 그 사실을 모든 사람에게 떠벌리고 다녔다. 하지만 생전 처음으로 '하느님의 길에 나가서' 넉 달을 보낸 뒤 조직체에서 바이러스가 말끔히 사라졌다는 기적적인 얘기를 전해 들었다. 심지어 어떤 의사는 라시드가 신생아의 피를 가졌다고 주장했다!

우리는 이슬람교의 메시지를 전파하러 곳곳을 돌아다녔다. 오줌냄새가 진동하는 계단곳, 어두운 지하, 음산한 술집은 물론 가장 불쾌하고 위험한 골목길까지 마그레브인, 아프리카 흑인, 터키인 젊은이들이 있는 곳이면 어디든 갔다. 심지어 대학생촌까지 들어갔다. 우리가 백인들에게 접근하는 경우도 있었지만, 백인들은 우리 중에 개종한 백인이 있을 때만 관심을 보이는 듯했다. '낚시질'이 결실을 맺으면 우리 그룹은 사원으로 돌아올 때 대여섯 명을 더 데려왔다. 거기서 우리는 박하엽차, 피스타치오 열매, 땅콩이 담긴 유리 용기 주위에 둘러앉아 그들 앞에서 이슬람교의 위대함과 숭고함을 이야기했다. 그러고 나서 오후 기도 전까지 멤버들은 사원 바깥에서 자유롭게 각자의 활동에 전념했다. 하지만 대부분은 충분히 가치 있는 낮잠을 택했다. 수많은 저서를 남긴 에미르는 보통 이때를 이용해 그 유명한 '텅 빈 저수지'와 같은 기적적인 이야기를 우리에게 들려줬다. 해가 질 무렵 기도 시간에는 사원이 초만원을 이루곤 했다. 기도가 끝나면 에미르는 코란과 하디스의 구절을 절묘하게 인용하면서 신자의 책무에 대해 열변을 토했다.

우리가 '나서서' 누군가를 만나는 일은 상대방을 놀라게 하거나 화나게 할 위험이 있었다. 하지만 솔직히 말해서 이런 경험들은 내게 나쁜 기억을 남기지 않았다. 긍정적이든 부정적이든 모두 더할 나위 없는 인생 수업이 되었다. 현장에 전도를 나가면서 나의 무지함과 불행을 새로운 각도로 보는 법을 배웠다. 우리가 말을 건 젊은이들이 자신의 종교를 오해한 건 단지 자기 자신과 자기 뿌리, 그리고 부모로부터 물려받은 집단 기억에 대해 어떤 오해가 있다는 걸 반영한 결과였다. 그리고 그 젊은이들 대부분은 사회적 불행을 겪으면서 영적인 것들에 비해 물질적 행복이 부수적이며 중요하지 않다는 견해를 받아들이지 않았다. 사실 우리가 그들에게 요구한 이런 중요한 자각은 도의적이고 독단적이며 아주 유치한 형태로 전해졌다. 하지만 이에 대한 필요성은 그만큼 절박했다.

그리고 나는 현장에 나가서 집단 주택지의 문제가 사회적인 문제일 뿐만 아니라 집단의 상황과 관련돼 있고, 무엇보다 어떤 개인과 자신의 관계 그리고 자신이 인간으로서 갖는 책임과 관련이 있음을 깨달았다. 프랑스 전역에서 만났던 젊은이들의 시선뿐만 아니라 내가 타블리그의 구조 안에서 가졌던 경험에서도 이를 파악할 수 있었다. 거의 비현실적이지만 구체적인 현실인 의식儀式(키드마)은 당시 내가 발견한 바를 잘 보여준다. 의식을 맡은 형제들은 시장을 보고, 식사를 준비한 다음 설거지를 해야 했다. 그리고 그룹의 재정 관리를 책임져야 하는 경우도 잦았다. 이건 모두에게 유익하고 교육적인 일이었다. 특히 부정적인 방법으로 쉽게 번 돈이 난무하는 그런 세대의 나 같은 젊은이들, 그리고 자기 부모가 사회의 돌아가는 이치를 전혀 모르는 바보라고 생각하는 젊은이들에게 더욱 그랬다. 우리는 일상적인 현실에서 이런 속성 교육을 받은 덕분에 부모들이 돈, 가정과 관련해 끊임없이 겪은 어려움을 이해할 수 있었다.

이와 함께 에미르가 최상위를 차지하는 이런 서열화된 조직을 통해 권위와 존중이 있어야 집단이 제 역할을 한다는 걸 깨달았다. 이런 개념들은 이슬람교를 통해 정당화되면서 더 쉽고 빠르게 수용되었다. 이슬람교를 받아들이기 전에 여기에 심하게 반감을 가졌던 사람들도 마찬가지였다. 사실 나처럼 빈민지역에서 성장한 사람들은 그곳에 권위가 부족한 것이 중대한 문제라는 걸 쉽게 깨닫는다. 부모들은 대개 의지가 강하고 애정이 많지만 일반적으로 아주 불안정한 사회적 환경에 처해 있기에 대부분 아무것도 할 수 없다. 사회적으로 확실히 열등한 위치에 있는 부모들은 약자로 간주된다. 허술하고 헛되고 그릇된 성공을 얻기 위한 방법을 전파하는 집단 때문에 부모의 권위도 본연의 정당성을 잃는다. 그래서 나처럼 '하느님의 오솔길로 나서게' 된 거의 모든 젊은이는 다소 노골적으로 권위와 충돌했다. 새로운 신자를 찾기 위한 원정은 적어도 그 비뚤어진 도식을 뒤엎을 수 있는 위력을 갖고 있었다.

하지만 이런 원정은 또 다른 비뚤어진 도식을 만들었다. 우리는 이 유익한 도전을 모두 궁극적인 목표를 만든 주체의 절대적인 의무라고 여겼다. 우리를 둘러싼 모두를 이슬람화하려는 목표 말이다. 나는 이 체계를 다지는 데 열의를 보였다. 내가 향한 방향과 맞지 않는 건 전부 거부했다. 우리가 보기에 현대 서구 문명과 그에 따르는 그릇된 가치가 구현한, 세상을 타락시킨 악을 근절할 수 있는 진실은 우리에게만 있었다.

———

몇 달 뒤, 타블리그의 소통 수단을 활용한 우리 선교를 통해 뇌오프의 사원은 젊은 신자로 가득 차게 되었다. 기존에 있던 신도층은 처음으로 소수가 되었다. 새로 온 신도 대부분이 마지드나 나를 마주친 뒤 이슬람교로 개종하거나 되돌아왔다. 선교에 가장 열을 올린 나는 우리 집단 주택지에서 유명한 이슬람교 인사가 되었다. 나는 이 일에만 몰두했다. 따로 '나설' 일이 없으면 우리 집 밑에 있는 구멍가게나 담배 가게 앞, 아니면 교차로로 나가서 선교활동을 했다. 젊은이들이 모이는 곳이면 어디든 상관없었다. 내가 다가오는 걸 보고 자기가 갖고 있던 마리화나를 버리거나 맥주 캔을 숨기는 젊은이도 꽤 있었다. 그들은 내가 말하는 신의 위대함, 죽음과 지옥의 고통, 천국의 환희에 귀를 기울였다. 나는 항상 무리 중에 한 사람을 골라 그가 사원에 올 때까지 각고의 노력을 기울였다. 무슨 일이 있어도 형제를 구원하는 것이 중요했기에 그런 전도는 절박한 일이었다. 저녁마다 우리 구역의 사원이나 다른 집단 주택지에 있는 사원에 가서 시간을 보냈다. 우리를 본보기 삼아 조직된 젊은 이슬람 교인의 공부 모임에 참여하면서 우리는 강한 긍지와 희망을 키웠다. 머지않아 스트라스부르에 있는 사원들과 그 주변에 있는 사람들이 모두 나를 알아봤다. 여러 집단 주택지에서 나는 어떤 이슬람교 형식의 비공식 대변인이 되어 있었다.

이즈음 마지드와 나는 이슬람교 전파에 관해 '폭발적인' 비전을 가진 형제들과 만나게 되었다. 이는 열렬한 설교가 계기가 된 자리였다. 시기는 켈칼 사건으로 떠들썩하던 1995년이었다. 여기서 켈칼은 TGV 철도를 플라스틱 폭탄으로 폭파한 혐의로 기소된 청년 칼레드 켈칼Khaled Kelkal의 성에서 따왔다. 당시 이 청년은 포르루아얄의 수도권 고속 전철에 폭탄 테러를 일으켰던 테러 단체의 일원이라는 혐의까지 받았다. 하지만 칼레드 켈칼은 애초에 생포의 목적이 없어 보였던 매복 공격에 의해 숨지고 말았다. 칼레드 켈칼을 법원까지 넘길 필요도 없다고 간주해서 무례하고 가혹하게 그의 목숨을 앗아갔다고 대부분의 무슬림들은 생각했다. 집단 주택지 혹은 부유층 지역에서 나 이 논쟁에만 관심을 보였다. 마지드와 내가 꽤 잘 알고 지내던 형제 둘이 와서 그 사건을 어떻게 생각하는지 물었을 때 우리는 그다지 놀라지 않았다. 이렇게 모인 네 사람은 진지하게 인사를 나누고 시답지 않은 말을 주고받은 뒤 몇 분 동안 그 주제에 관해 이야기를 나눴다. 그러던 중에 가장 과묵한 친구가 수염을 기른 우리를 믿을 만하다고 느꼈는지 느닷없이 이런 말을 던졌다. "그럼 만약에 우리도 말이지, 우리도 뭔가를 하면 어떨까? 그 쿠파르kufar(비종교인)들은 우리를 안 좋아하잖아. 얼마 안 있으면 그 사람들이 우리를 토끼마냥 다 쏴 죽일 거라고!" 그러자 그의 동료가 말을 이었다. "우리는 도청을 폭파시킬 준비가 돼 있어. 우리랑 같이 하자." 처음에 우리는 이걸 농담으로 받아들였지만 대화 상대인 두 사람은 그게 농담이 아니라는 걸 분명히 밝혔다. 우리는 너무 놀라서 두 귀를 의심할 수밖에 없었다. 그리고 바로 두 사람을 단호하게 내쳤다. 이후 두 사람을 절대 외진 데서 만나지 않았다.

물론 우리는 흠잡을 데 없이 완벽한 신앙을 갖고 살았다. 그래서 예리한 관점, 특히 비판적 관점을 잃고 지냈다. 그렇다고 완전히 바보가 되진 않았다. 마지드와 나의 견해는 피상적인 논리를 따랐지만, 증오가 동인이 된 적은 절대 없었다. 우리는 일종의 반서구적 이데올로기를 지지했지만 언어적 반감을 신체적 폭력으로 바꿔서 행동해야겠다는 생각은 절대 하지 않았다. 무엇보다 이데올로기가 가진 긍정적이고 이상적인 측면으로부터 동기를 얻었다. 자신이 우리 편이라고 우기는 과격한 사람들에게는 관심이 없었다. 우리와 가까웠던 그 두 사람에게도 전혀 마음을 주지 않았고 본능적으로 도발을 감지해냈다. 마약 단속 경찰의 유인에 따라 마약 중독자들이 감방에서 썩지 않으려고 납품업자를 밀고하는 것처럼, 우리는 사원에서 통합정보국이 귀화 약속을 통해 끄나풀을 매수한다는 것도 알고 있었다. 나중에 문제의 두 사람도 통합정보국에 채용되어서 우리를 함정에 빠뜨리려고 했다는 소문이 돌았지만 이게 사실인지는 확인된 적이 없다.

———

시간이 지나고, 집안은 평화롭게 흘러갔다. 내 형제들은 나보다 훨씬 더 단순한 방식으로 신앙을 지켜나갔다. 우리 중에 가장 먼저 개종한 빌랄도 기본적인 생활 방식은 바꾸지 않았다. 그는 언제든 만족하는 법이 없었고, 무엇이든 불평했으며, 웃기를 좋아했고, 자기 말처럼 '인생을 완벽하게 즐기기'를 바랐다. 실티카임에 있는 마레 기술 고등학교에서 일반 기계 부문 직업 자격증을 딴 뒤 빌랄은 더 진지하게 기도하기 시작했고, 자신이 변한 이유를 이렇게 설명했다. "우리 반에 누르딘이란 놈이 있는데, 1년 내내 한 게 아무것도 없었어. 그냥 병신이야. 수업에도 한 번도 안 들어왔어. 그런데 뻥이 아니라 그런 애가 어느 날 완전히 바뀌어서 온 거야. 걔가 이슬람교를 얘기하더라고. 살라트<sup>salat</sup> 무슬림이 하루에 다섯 번 기도하는 의무적인 의식랑 딴 것도 다 하고. 그러더니 자격증을 너무 쉽게 따더라고. 나? 난 일 년 내내 학교에 나가고, 공부도 무지하게 했지! 질질 짜고, 기도하고, 랍비(지도자, 즉 하느님)한테 빌기도 하고. 그렇게 했더니 내가 이 자격증을 딴 거야! 지금은 감사를 드리려고 기도하는 거고. 무스타파한테 물어보든가……"

빌랄과 무스타파는 세상에서 둘도 없는 친구로 오랫동안 친하게 지냈다. 항상 구역 안에서 함께 처박혀 지내더니 중학교 때도 줄곧 같은 반이었고 고등학교도 같은 곳으로 갔다. 도둑질도 함께 했고, 그걸 관두는 것도 동시에 했고, 자주 어울려 지낸 여자애들도 같았다. 그리고 NAP라는 모험을 시작한 뒤로는 팀에 합류한 카림, 모하메드와도 똑같이 진한 우정을 나눴다.

토요일 밤마다 이들 친구 넷은 나이트클럽을 찾았고, 그다음 주 토요일이 될 때까지 자신들의 무용담을 쏟아냈다. 스트라스부르에서 유행하는 장소도 열심히 돌아다녔다. 네 사람에게는 멋진 인생을 살고 이 짧은 인생이 허락한 걸 최대한 누리는 게 중요했다. 그러면서도 하루 다섯 번 기도는 꼭 지켰다. 그건 자신과 하느님에게 약속한 최소한의 의무였기 때문이다. 어쨌든 네 사람은 종교를 개인적인 일로 여겼고, 나를 따라 '하느님의 오솔길로 나선' 뒤로는 그와 관련된 얘기를 절대 듣고 싶어하지 않았다. 자신들은 타블리그 사람들을 존중하긴 하지만, 그 운동이 너무 강제적인 듯하고 도시에서 보이는 '무슬림의 외양'도 마음에 들지 않는다는 의견을 내놨다. 그 외양이란 바지가 발목까지 내려오는 파키스탄식 의복에 텁수룩한 수염과 세시아, 나이키 에어맥스 운동화가 어우러지는 식이었다. 네 사람은 타블리그의 형제들이 사람들을 끌어모으려면 가장 먼저 외양을 개선해야 한다고 누차 얘기했다. 이 점에 관해서 우리는 그들과 수차례 논쟁을 벌였다. 마지드와 내가 군복을 입고 다와dahwa(전도)를 하러 오면 넷은 은근히 우리 심기를 건드렸다. "안 돼, 안 돼…… 다른 사람들처럼 입으라고, 인간들아. 그런 다음에 얘기하자." 이슬람교는 단순히 종교일 뿐인데 우리가 그것이 추구하는 생활 방식과 정신을 쓸데없이 복잡하게 만들고 있다고 네 사람은 생각했다.

파예트는 우리 형제 가운데 가장 내성적이었다. 자신만의 작은 세계에 빠져 지내는 데 만족했고, 저녁 시간에 생기를 불어넣던 의견 대립에는 거의 관심이 없었다. 우리 인생은 길고 불확실함으로 가득하다는 양 "무슬림이 되는 것도 좋지만 다른 좋은 것도 많아"라고 말하곤 했다. 우리가 커서 직업을 갖고 아내를 만난 후 어머니를 떠나 자신의 가정을 꾸리게 되는 날은 반드시 오게 되어 있다. 그리고 그토록 노력해서 만든 인생 속에서 우리가 충분한 행복을 느끼는 시기는 확실치 않았다. 바로 여기에 파예트의 모든 걱정이 담겨 있었다. 우리가 무슬림이었다는 거? 굉장하지! 그런데 그게 우리한테 권리는커녕 "오히려 의무만 줬잖아!" 이게 파예트가 환멸을 느끼며 내린 결론이었다.

어머니는 우리 새로운 신앙심이 만개할 수 있도록 계속 정성을 보였다. 우리가 요구한 적이 없는데도 무슬림이 운영하는 정육점에 가서 고기를 사기 시작했고, 나한테 남동생들을 사원에 데리고 가라고 부추기곤 했다. "걔네가 기도하면 자기들 인생도 더 잘 풀릴 거니까!"라는 게 어머니가 내세운 이유였다.

————

그러니까 이 평온한 가정에서 맹세한 바를 가장 고집스럽게 지키는 사람이 바로 나였다. 하지만 내 마음가짐은 조금씩 변해갔다. 그런 변화는 겉으로 전혀 드러나지 않았다. 남들이 내가 설교활동에 능숙하다고 느낄수록 내 마음은 더 불편해졌다. 일종의 행복감에서, 그러니까 마지드와 내가 하는 표현을 빌리자면 '초심자의 열정'에서 벗어났다. 우선 나는 다른 나라에서 이주한 많은 무슬림이 종교 소속보다 국적에 따라 뭉치는 경향을 보고 충격을 받았다. 모로코인들과 알제리인들이 그랬고, 터키인들도 그랬다. 개인적으로는 나의 피부색에 관한 무례한 이야기를 듣고 여러 번 상처를 받기도 했다. 이슬람교의 보편주의와 반反인종 차별주의는 실질적이었지만, 불행히도 많은 무슬림의 입을 통해 무의미한 이야기가 되고 말았다. 그 사람들은 반대로 실천했다. 이런 집단주의의 정점은 라마단의 종료를 축하하는 '소축제' 아이드 엘피트르Aïd el-Fitr 기간과 양 한 마리를 봉헌하는 '대축제' 아이드 엘케비르Aïd el-Kebir 기간에 확연히 드러났고, 나를 질겁하게 만들었다. 집단마다 별개의 장소에서 기도를 진행했기 때문이다. 최소한 마그레브인들과 터키인들은 그랬다. 다른 집단들은 따로 기도 장소를 둘 만큼 구성원 수가 충분하지 않았다. 그런 면에서 부모들이 며느리의 국적부터 따지는 결혼 문제는 두말할 필요도 없다.

이 주제에 관해서는 정말 많은 이야기가 나돌았다. 여기에 등장하는 아들들과 딸들은 자신들의 사랑을 포기하기보다 가족들과 인연을 끊는 상황으로 내몰렸다. 우리 사원에서도 한 세네갈 출신의 총각 형제의 이야기를 다들 기억하고 있다. 그 형제는 재능이 있고, 신앙심이 깊으며 예의가 발라서 모든 하지로부터 칭찬을 들었던 사람이다. 그런 그가 불행히도 마그레브 출신의 딸과 사랑에 빠진 뒤 그 사실을 외부에 공개했다. 그러자 거의 모든 사람이 그 형제를 멀리하고 노골적으로 대화를 거부했다. 만약 그의 열정이 혼자만의 것이었다면 모험은 금방 끝날 수 있었는데, 여성의 열정도 상당했다! 어린 딸의 부모로부터 호의를 얻는 데 헛수고만 한 연인은 결국 비밀 결혼(증인 두 사람만 있으면 결혼하는 데 충분하다)을 결심하고 파리로 도망쳤다. 이런 극적인 결말은 예사였고, 여기에 나이가 많은 형제들이 개입하거나 주위의 평판에 가족들이 중압감에 시달리게 되면 이따금 파국으로 치달았다. 그런데 예언자 무함마드는 민족이나 사회적 배경에 바탕을 둔 모든 차별과 맞서지 않았는가? 이슬람교는 모든 인류와 시대를 아우른 종교가 아니었나? 이 모든 상황이 나를 당혹스럽고 슬프게 만들었다. 다행히 대다수는 이런 인종 차별을 부인하고 거부했지만, 이미 많은 이의 머릿속에 차별이 뿌리박혀 있었다.

———

한동안 이슬람교를 바라보는 나의 시각은 개방적이라고 믿었다. 하지만 그것이 끝내 나를 옥죄는 굴레일 뿐임을 깨달았다. 타블리그는 내가 성숙해지는 데 큰 도움을 주었고, 나는 그때까지 타블리그의 긍정적인 면만 인식하고 있었다. 그래서 이런 타블리그가 무너지는 모습에 고통스러울 수밖에 없었다. 타블리그 역시 이상을 좇으며 신성함을 내세우고 다른 집단을 배척하거나 경쟁까지 하기 시작한 것이다. 이런 행위는 일부 사람들(태도가 명확하고 활동적인 정말 선량한 무슬림과는 다른 사람들)과 마찬가지로 현실에서 자신의 신앙을 겉으로 잘 드러내지 않는 무슬림들의 불이익을 고려하지 않고 앞으로 나서게 만들었다. 그중 일부의 태도는 남을 기만하는 교만의 형태로 변해 대화도 점점 어렵게 만들었다. 어떤 사람들은 타블리그 운동을 사회적 승강기이자 우수 인증서와 같은 도구로 활용했다. 이를 통해 열악한 세속적 현실이 아닌 다른 곳에서 존재하는 방법을 찾았다. 당연히 진심을 다했던 나와 같은 신자들은 누군가 막후에서 음모를 꾸밀 수 있다는 걸 생각하지 못했다. 이 모든 걸 확인하고 환멸을 느끼면서도 계속 현실을 직시하길 꺼렸다. 나 자신을 위해 기존에 갖고 있던 생각들을 지켰던 것이다. 이런 식으로 이슬람교에 입문하는 젊은이는 나날이 늘어갔고, 나한테 중요한 건 이것뿐이었다. 결국 나의 비판적 입장은 판단의 일시적 오류가 낳은 결과뿐이었는지도 모른다.

하지만 시간이 지날수록 내가 지적으로 퇴보하고 격이 떨어지고 있다는 느낌이 강해졌다. 그로부터 몇 년 전에 마지드는 열여덟 살이 된 생일 축하 선물로『빛의 장막Tabernacle des lumières』이라는 책을 내게 선물했다. 이후 난 그 책의 저자이자 중세의 위대한 신학자인 가잘리에게 심취했다. 그래서 이슬람교 전문 서점에 있는 책들을 열심히 뒤졌다. 하지만 신비주의 신학과 관련된 몇몇 희귀 작품을 제외하고 내가 본 것들은 전부 유치한 수사로 가득했다. 열성적인 고등학생이자 철학반 학생이던 나는 점차 이성적, 철학적 의식이 확장되었고 그러면서 타블리그의 구조를 통해 내가 받아들인 이슬람교가 점차 빈약해지는 것을 느꼈다. 내가 아는 무슬림 어른들 중 상당수가 학위는 많아도 종교적 기준으로 보면 바보가 된다는 것도 깨달았다. 마치 이슬람교를 거론하는 것 자체가 그들의 지적 능력을 억제하는 듯했다. 가잘리의 사례가 지적 능력을 고취시켜야 했음에도 말이다. 그들은 이슬람교에 대해 입을 열기 시작하면 마치 자동 조종 장치로 의견을 전하는 것처럼 보였고, 자신의 교리를 기계적으로 암송했다. 비판적 사고 역시 각자의 목적에 따라 전부 자취를 감췄다.

나 역시 그렇게 관찰하고 관여하는 과정을 거쳤다. 그런 이중성에 시달리다 보면 악마가 나를 그 집단에서 떼어놓으려고 일부러 모든 결점을 보게 한 거라고 확신하기도 했다. 그래서 맹목적인 태도를 통해 두려움에서 벗어나면 나는 계속 스스로를 기만하면서 아무것도 못 느끼는 척했다. 확실히 불안감은 커져만 갔고, 얼마 지나지 않아 완전히 당황스럽기까지 했다. 후루지<sup>khurui</sup>에 가담하는 빈도를 점점 줄였고, 더 이상 어떤 형제와도 거의 어울리지 않았다. 매일 기도하러 다섯 번 사원에 들르기만 했다. 어떤 그룹이 내 소식을 (말하자면 자주) 들으러 와서 '나가자'고 나를 설득할 때마다 그 시험에서 벗어나기 위해 어떻게든 핑계를 대며 적당히 둘러댔다. 그 상황에서 거짓말을 하는 행위는 나의 죄의식과 혼란을 가중시키기만 했다. 스위스 국경에서 멀지 않은 생루이에서 열린 타리끄 라마단의 강연에 처음 갔던 것도 이즈음이었다. 이후 음악활동과 관련된 상황에서 개인적으로 그를 마주하게 되었다.

───────

1991년 여름이 지나면서 우리 인기는 우리가 사는 도시의 경계를 훌쩍 넘어섰다. NAP는 지역 최고의 랩 그룹이 되었고, 일부 지역 매체의 평가에 따르면 록 그룹 캣 오노마와 맞먹을 정도로 잘나갔다. 당시 캣 오노마는 전국적인 인기를 얻은 건 물론 명망 있는 메이저 레이블과 계약을 맺고 활동 중이었다. 그해 여름 우리는 스트라스부르와 그 주변 지역에서 공연이 가능한 모든 장소를 휩쓸었고, 8월의 어느 날 밤에 우리 존재 가치가 공인받았음을 확인했다. 당시 오트피에르에 위치한 문화 센터 르 마이옹 근처 야외무대에서 그룹 레 리틀의 공연이 열렸다. 비트리쉬르센 출신인 레 리틀은 당시 파리에 본거지를 두고 활동하는 인기 랩 그룹이었다. 이 공연에서 오프닝 무대를 꿰찬 우리는 수많은 열혈 관객 앞에서 공연을 펼쳤다. 이는 단순한 시작이 아니었다. 이 무대를 통해 나는 우리가 더 멀리 나아갈 수 있음을, 전국적인 그룹이 될 자질이 있음을 확신했다. 그로부터 1년 뒤, 우리는 좀더 많은 인기를 누리게 되었다. 로렌과 두를 지나 알자스에서 테리 투아르드벨포르에 이르기까지 우리는 명실공히 최고의 랩 그룹으로 자리했다. 하지만 수차례 시도를 했음에도 음반사로부터 계약을 따내지는 못했다.

하지만 나는 개인적으로 이보다 더 중대한 문제에 사로잡혀 있었다. 이즈음 내 신앙생활이 예술활동(어떤 권위자들에 따르면 음악은 하람이다)과 양립할 수 없다는 생각이 들었다. 이런 신앙생활이 내게 치명적인 딜레마로 다가왔다. 물론 그룹의 다른 멤버들은 내 종교적 열의를 인정하긴 했지만 자신들의 모든 미래를 음악에 내건 상태였다. 그룹에서 나는 중심적인 위치에 있었고, 나와 다른 멤버들 사이의 깊은 우애는 내 이기적인 태도를 막고 있었다. 그래서 나는 마치 수치스러운 병을 치료하듯이 랩을 계속했다. 그리고 약간 비틀어진 논리에 따라 상황을 체념하고 받아들이게 되었다. 우리가 전문적인 역량을 키워서 성공을 거두는 시기가 빨라질수록 내가 은퇴를 하고 이슬람교에 전적으로 헌신하는 시기도 빨라질 거라고 생각했다. 그렇게 믿으면서 전도사이자 래퍼로서 이중생활을 했다. 그리고 마지드를 제외하고 내가 '영적으로' 얽힌 사람들이 내가 음악활동을 한다는 걸 모르도록 각별히 주의했다.

나는 이런 이중인격은 물론 그것을 정당화할 만한 엉뚱한 구실까지 만들어서 한 걸음 더 나아갔다. 일반적으로 집단 주택지 안에서 이런저런 활동 분야를 통해 유명 인사가 된 사람은 항상 새로운 투자처를 물색하는 그 구역의 거물로부터 접근을 받았다. 그런 보스 중 한 사람이 나한테 특별히 흥미를 보이기에 여러 번 거절을 하다가 결국 그 사람을 만나기로 했다. 그의 도움을 받으면 우리가 좀더 빨리 출세하고…… 내가 좀더 자유로워질 수 있을 거라고 생각했다. 한 달이 넘는 기간 다소 비밀스러운 만남을 지속하면서 나는 그에게 음반 산업의 기능과 거기에 필요한 요소들, 즉 매니지먼트부터 제작 및 자체 제작에 이르기까지 음반 발매와 공연 개최에 관한 것들을 포괄해서 설명했다. 여기에 큰 흥미를 느낀 그는 대화가 끝날 때쯤 내게 무이자로 5000프랑이라는 저렴한 금액을 현금으로 빌려주겠다고 했다. 우리가 그럴 만한 자격이 있고 같은 구역 출신이기에 내가 그걸 후원금으로 받아야 한다는 둥, 우리가 서로 도와야 한다는 둥 이런저런 설명을 늘어놓았다. 나는 그의 제안을 마지못해 받아들였다. 그로부터 며칠이 지나 그가 우리 집에 와서 200프랑 뭉치가 든 작은 쓰레기봉투를 맡기고 갔다. 처음으로 몸을 팔아서 겁에 질린 숫처녀처럼 나는 그 돈을 꽉 움켜쥐었다. 검은 돈으로 가득 찬 그 작은 쓰레기봉투에 겁이 났다. 그래서 빌랄과 같이 쓰는 장롱 속 옷가지 밑에 그 봉투를 숨겨두고 그날 밤 침대에서 지칠 때까지 울었다.

결국 우리는 쌈짓돈으로 우리만의 인디 레이블을 세울 수 있었다.

이를 통해 초기의 싱글 음반과 첫 번째 앨범을 자체 제작했다. 1994년 여름이 되자 조짐이 보였다. 우리가 파리 음반사를 돌며 별 소득을 얻지 못했던 지난 3년의 시간이 순식간에 멀게만 느껴졌다. 투어 중에 우리는 레 리틀의 카리스마 넘치는 리더인 술리 비도 알게 되었다. 이전에 오트피에르에서 오프닝 공연을 했을 때 술리 비와 잠깐 마주친 적이 있다. 하지만 당시 레 리틀은 이미 스타였고, 여전히 우리는 관객을 간신히 열광시키는 지방 출신 풋내기에 불과했다. 서로 진지하게 만나기에는 상황이 여의치 않았던 셈이다.

레 리틀이 얼마나 권위 있는지를 파악하려면 당시 이 그룹이 음반사와 계약을 맺은 랩 그룹 대여섯 팀 중 하나였다는 점, 그래서 전국적인 지지를 얻을 만한 능력을 갖추고 있었다는 사실을 알아야 한다. 그들의 영향력은 프랑스 힙합 무브먼트를 비롯한 음반 산업 전반에 걸쳐 여러 아티스트와 주요 인사를 대거 등장시키는 원동력이 되었다.

우리가 파리에 온 지 3년 차인 그해에 북쪽 역에서 빌랄과 카림이 레 리틀의 두 멤버인 술리와 로날드를 우연히 마주쳤다. 그때 빌랄은 본능적으로 두 사람에게 다가서려고 했지만, 카림은 그런 태도가 '우리 위치에 어울리지 않는다'고 판단하며 빌랄을 막아섰다. 카림이 자아를 들먹이며 정확히 공격하자 빌랄은 레 리틀의 두 사람이 지나가는 걸 그냥 내버려둘 수밖에 없었다. 늘 그렇듯이 당시 빌랄과 나는 사촌 프레데리크의 집에 머무르고 있었다. 그날 저녁 집으로 돌아온 빌랄은 자신에게 일어난 뜻밖의 그 일을 말해줬다. 그 이야기를 듣고 화가 치민 나는 만약 내가 그 사람들을 기적적으로 만났더라면 그렇게 말도 안 되는 자존심을 세우진 않았을 거라고 빌랄에게 단언했다. 정상에 오르려면 뭐든지 해야 했는데, 카림과 빌랄이 금쪽같은 기회를 놓친 꼴이 되었기 때문이다.

이튿날 오후, 빌랄과 나는 파리에 있는 보주 광장에서 내가 버진으로부터 따낸 미팅에 참석했다. 우리를 친근하게 맞이한 아티스트 디렉터의 여성 조수는 우리 이야기에 집중하며 자신의 상관에게 데모를 전해주겠다고 약속했다. 우리는 구체적인 확답을 받지 못한 상태에서 그녀에게 미리 감사 인사를 전한 뒤 자리를 떴다. 그러고는 서로 아무 말 없이 길을 걸었다. 지하철역 입구로 들어가려는 순간 갑자기 빌랄이 별다른 이유 없이 발걸음을 멈췄다. 그러더니 내 쪽을 쳐다보지도 않고 "거기로 가면 안 돼!"라고 말했다. 그래도 나는 내려가야 한다고 버텼지만, 빌랄은 들으려고 하지 않았다. 결국 우리는 바스티유 지하철역의 다른 입구로 향했다. 그 입구의 바로 맞은편에 프나크FNAC 음악 전문 매장이 있었다. 그런데 우리가 도착하자마자 지하에서 마술처럼 나타난 사람은? 다름 아닌 술리와 로날드였다. 두 사람이 계단을 빠르게 올라오고 있었다! 내 소원은 그렇게 이뤄졌다. 지금 눈앞에 그들이 서 있었다. 우리는 이 뜻밖의 기회를 다시는 놓치지 않기로 마음먹고는 두 사람에게 주저 없이 말을 걸었다. 그리고 난 우리 이야기를 그들에게 들려줬다. 여기에 감동을 받은 두 사람은 며칠 뒤

비트리쉬르센에 있는 자신들의 집에서 우리와 만나기로 약속했다. 이후 10년 동안 우리 우정은 절대 변하지 않았다.

———

나디르가 출소 후 나를 만난 건 이때쯤이었다. 나디르는 뛰어난 솜씨로 소소한 비행 경험부터 차근차근 경력을 쌓은 다음 진정한 범죄의 세계에 명예롭게 들어섰다. 소매치기로 명성을 날리기 시작한 이래로 '황금 손'의 자리를 포기하지 않았고, 이후 차량 절도와 코카인 거래는 물론 강도에 이르기까지 다양한 범주에서 자신의 능력을 뽐냈다. 결국 나디르는 우리 지역에서 가장 알아주는 범죄자가 되었다. 그는 경찰들 사이에서도 꽤 유명했고, 한 번도 걸린 적 없는 비겁한 강도짓을 하기 전에는 걱정하는 법이 거의 없었다. 어느 날 오후에 도심에서 우연히 나디르와 마주쳤다. 우리는 과거를 추억했고, 그 과정에서 나 자신이 성숙해졌음을 느꼈다. 그리고 나디르가 항상 최고일 수밖에 없었던 이유도 깨달았다. 자기 영역(약간 특별한 영역인 건 사실이다)에서 나디르는 현명한 사람이었다. 이후 몇 달 동안 우리는 자주 만나면서 서로 더 잘 이해하고 진심으로 존중하게 되었다. 하루는 둘이 만나서 자동차를 타고 돌아다닌 적이 있다. 이날을 특별히 기억하는 이유는 친구 하나가 1970년대에 생산된 갈색 시트로엥을 그날 하루만 우리에게 빌려줘서다. 그날 나는 나디르에게 우리 매니저가 되어달라고 부탁했다. 나디르는 오래 고민하지 않았다. 처음에는 깜짝 놀랐지만 그 제안을 자신을 다잡기 위한 중요한 기회로 받아들였다. 그렇다고 내 제안이 순수했던 건 아니다. 개인적으로 나디르가 거리에서 체득한 반사적 행동들이 우리에게 아주 유용할 것이라고 판단했다. 내게 남은 건 나디르를 단련시키는 일뿐이었다.

거리에서와 마찬가지로 음악 산업에서도 사업 감각, 결단력, 상당한 적극성, 지혜와 같은 자질은 필요하다. 나디르는 이 모든 걸 갖추고 있었다. 우리는 당시 시장에서 꽤 규모가 있는 독립체와 제휴를 맺고 전국적인 규모로 첫 앨범을 막 내려던 참이었다. 그 조직에서는 라 클리카, 엑스프레시옹 디레크트, 이데알 지와 같은 랩 그룹의 작품을 배급하고 있었다. 결국 우리 활동의 전환점에서 나디르는 구세주와 같았다. 그리고 나디르가 나의 친구가 되면서 이 좋은 소식은 화룡점정을 찍었다.

———

나의 비밀 물주는 쓰레기봉투에 돈을 가득 담아주면서 계속 우리를 지원했다. 나는 실존적인 의구심을 제쳐두고 새롭게 '하느님의 오솔길로' 나섰다. 프랑스 이슬람 기구 연합4에서 주최한 강연에도 아주 열심히 참여했다. 특히 내가 갈 수 있는 프랑스 지역에서 근본주의 단체 이슬람 형제단을 창립한 인물인 하산 알반나의 손자 타리끄 라마

---

4__ UOIF: Union des Organisations Islamiques de France.

단이 강연을 하면 꼭 참석하려고 노력했다. 죄를 용서받고 싶었기 때문이다. 계속 죄를 짓기 위해 고해성사를 하던 예전 가톨릭교도의 모습과 약간 비슷했다. 나는 다시 역설에 사로잡혔다. 이슬람교를 믿으면서 극복했다고 믿었던 정신 분열이 나를 더 교묘하게 붙잡았다. 한쪽에는 나를 열광시키는 음악, 비밀 물주의 돈을 대하는 애매한 태도가 있었고, 다른 한쪽에는 음악과 범죄를 하람이라고 일컫는 이슬람교 전도사라는 신분이 있었다. 어디에 선이 있고, 악이 있던 것일까? 나는 큰 혼란에 휩싸였고, 스스로에게 바랐던 이미지를 갖지 못했음을 자책했다. 나는 거짓말을 반복하는 카멜레온이 되어 있었다. 끝내 그렇게 익사해버리지 않기 위해 구명 튜브를 이용해서 연습에 매진했다. 그 유명한 타리끄 라마단을 모델로 삼고, 그로부터 맬컴 엑스의 모습을 발견하고자 했다. 하지만 매일 혼자 천막을 치러 왔다가 유사流沙에 빠져버리는 듯한 느낌을 받았다. 몇 해 동안 항상 나를 지탱해주던 마지드 역시 종교적 신념에 따라 NAP 활동에서 빠지고 말았다. 처음으로 정말 혼자가 되었다.

우리 첫 앨범 《하층민, 음반을 내다》가 프랑스와 나바르에 있는 모든 음반 가게에 깔렸을 때 우리끼리 하는 표현을 빌리자면, 정말 장난 아니었다. 이 앨범의 목적은 우선 우리가 빈민 구역의 젊은이들로서 뭔가 이룰 수 있음을 보여주는 것, 그리고 스스로를 표현할 줄도 알고 기대 이상의 지성과 통찰력도 갖고 있음을 보여주는 데 있었다. 《하층민, 음반을 내다》는 우리를 낙인찍던 용어를 우리 것으로 바꿔

영광스러운 칭호로 만들었다. 다른 영역에서 아프리카성에 대해 급진적인 활동가들이 스스로를 흑인이 아닌 검둥이라고 부르는 것처럼 말이다. 전국적인 지명도는 우리가 기대한 것 이상이었다. 우리는 빈민가의 스타가 되었다. 과장이 아니라 정말 프랑스에 있는 모든 집단 주택지에서 NAP를 알게 되었다. 이 여세를 몰아 나디르는 성공적인 프랑스 투어를 기획했다. 그리고 우리가 집단 주택지에서만 알려져 있을 때 찍은 첫 번째 뮤직비디오 '내가 그런 구역 출신이야'가 M6와 MCM의 전파를 타면서 메이저 레이블에 확실한 눈도장을 찍었다. 7년 동안 지방에서 고군분투한 끝에 첫 작품으로 이뤄낸 성공으로 우리는 전설적인 그룹 IAM 이후 전국적인 규모로 명성을 얻은, 보기 드문 지방 출신 그룹이 되었다.

이런 성장에도 불구하고 우리 생활의 다른 부분은 여러모로 나빠졌다. 지금은 아이사라고 불리는 사촌 프레데리크는 이슬람, 그중에서도 급진적인 이슬람에 귀의하면서 자신만의 답을 찾았다. 진정한 신자가 되려면 반드시 결혼을 해야 한다고 생각한 나머지 고작 열아홉 살에 혼인관계를 맺었다. 아이사는 생활 전반에서 이런 극단적인 선택을 했고, 결국 세상과 완전히 단절된 상태로 생활했다. 한동안 기를 쓰고 새로운 랩음악을 찾아 애지중지 여기던 아이사는 어느 날 플레시로 향하던 우리에게 자신이 모아둔 카세트테이프 원본을 전부 건넸다. 아이사도 마지드처럼 종교적인 성장에 음악이 위험할 수 있다고 설명하며 자신의 태도를 정당화했다. 파괴적일 수 있는 열정에서 벗어나려면 거기서 점점 거리를 둬야 했다. 아이사의 태도는 살라피즘으로부터 큰 영향을 받았다. 경건주의와 엄숙주의를 중시한 살라피즘은 율법학자인 이븐 타이미야(1328년 사망)를 내세웠고, 이슬람교에서 절대적인 본보기로 간주되는 초기 3대 무슬림의 명칭에서 이름을 딴 운동이었다. 아이사는 이 보수적인 운동에 거의 푹 빠져 지냈고, 이후 아이사가 보인 엄격하고 비타협적인 태도는 나를 불안하게 만들었다. 내가 익히 알던 자유롭고 개방적인 프레데리크와 아이사는 완전히 반대였기 때문이다.

얼마 뒤 나의 근심은 안타깝게도 예기치 못한 데서 확인되었다. 아이사는 갑자기 난해한 이유를 들며 이혼을 하더니 처음에는 몰래, 나중에는 대놓고 술을 마셔댔다. 나는 큰 충격을 받았고, 아무것도 모르는 체하며 아이사가 나락으로 계속 떨어지게 내버려뒀다. 나중에 아이사가 파리 곳곳을 배회하며 피갈 구역에 늘어선 술집에서 술에 찌들어 지낸다는 걸 알았을 때는 그를 설득하려고 노력했다. 어쨌든 그는 내 사촌이었고, 몇 해 전 우리가 나눈 열정적인 대화를 통해 내가 개종한 사실을 잊을 수 없었다. 처음엔 어떻게 아이사가 완전무결한 무슬림에서 순식간에 구제불능의 낙오자가 될 수 있었는지 이해할 수 없었다. 항상 이슬람교가 그렇게 낙오한 사람들까지 지켜준다고 생각했기 때문이다. 여전히 나는 이원론적인 세계관을 강하게 갖고 있던 터라 그게 신이 내린 벌이라고 생각하고 싶었다. 하지만 그렇다고 아이사가 무슨 나쁜 짓을 할 수 있었겠는가?

결국 아이사는 NAP가 첫 앨범을 녹음할 때 돌아왔지만, 줄곧 만취한 모습으로 스튜디오에 나타났다. 집단 주택지에 사는 수많은 젊은이처럼 아이사도 극과 극을 오가며 자신이 이해할 수 없고 자신을 원하는 것 같지 않은 이 세상에서 제 위치를 찾지 못하는 무능함에 실존적인 탄식을 늘어놓기만 했다. 이런 아이사를 나중에야 이해할 수 있었다. 아이사는 정확히 무엇을 찾아 헤맸던 걸까? 이슬람 극단주의 탓에, 도수 높은 캔 맥주와 중독성 강한 마리화나 탓에 스스로 목숨을 끊은 무방비 상태의 젊은이들은 모두 무엇을 찾아 헤맨 걸까? 학교와 학업을 향한 열정이 나를 수많은 덫에서 구해냈지만, 원래 나도 내 사촌만큼 불안정했다. 매 순간 넘어질 각오를 하고 있었던 셈이다. 이후 아이사는 마약과 관련된 우울한 사건으로 막역지우를 잃은 뒤 다른 사람과의 교제를 끊고 술을 절대로 입에 대지 않았다. 그리고 우리한테 음악적 임무를 받는 경우를 제외하고는 줄곧 침묵을 지켰다. 그래도 먹고는 살아야 했으니까⋯⋯.

나디르는 매니저로서 우리 첫 앨범을 성공으로 이끈 주인공이었지만, 어느 날 과거에 발목 잡히고 말았다. 1년 동안 구류된 후 다시 강도죄로 법정에 서서 최대 10년의 실형을 선고받았다. 음악과 우정이 함께했던 우리 모험에 청천벽력처럼 판결이 떨어졌다. 최종 판결은 9년이었다. 우리는 망연자실했다. 우리에게 나디르는 전우였고, 우리 일부였다. 그래서 우리 모두가 유죄 선고를 받는 듯했다. 게다가 전문적인 수준을 갖춘 나디르는 우리에게 반드시 필요한 사람이었다.

이즈음 (아버지를 한 번도 본 적이 없던) 남동생 스테판은 아주 심각한 비행에 빠져 있었다. 주기적으로 외박을 하고, 집단 주택지의 어린 깡패들과 어울려 다니고, 심하다 싶을 정도로 술과 담배를 했다. 결국 미성년자였음에도 교도소에 들어갔다.

이런 개인적인 불행과 함께 집단 주택지는 매일 비극을 연출했다. 여기에 이웃들과 친구들이 영향을 받았고, 우리도 가끔 치명타를 입었다. 그중 콜마르에서 공연을 하고 돌아온 날에 일어난 일을 예로 들 수 있다. 모로코 출신인 푸아드는 별다른 말썽을 피운 적이 없는 어린 고등학생이었다. 운동을 좋아했고, 얼굴엔 항상 미소를 머금고 있었다. 우리가 돌아오기 몇 시간 전, 사원을 동시에 빠져나온 푸아드와 신자들은 심한 몸싸움을 벌이는 두 사내 주위에 많은 사람이 몰려든 현장을 목격했다. 호기심이 일어서 현장에 가까이 간 푸아드는 두 사람 중 한 명이 자기 맏형이며 그가 난처한 처지에 몰려 있음을 확인했다. 푸아드는 더 이상 깊이 생각하지 않고 막무가내로 난투 현장에 몸을 던졌다. 그다음에 무슨 일이 일어났는지 아는 사람은 없었다. 순식간에 무리에 섞인 푸아드는 칼에 겨드랑이를 찔린 채 쓰러졌다. 피를 많이 흘렸지만 신음 소리를 내진 않았다. 그저 잔디에 누워 하늘을 응시하고 있었다. 현장에 있던 내 동생 파예트와 마지드는 곧장 구조를 요청했다. 하지만 아무도 나타나지 않았다. 구조대에 뇌오프로 와달라는 요청을 해도 이렇게 오지 않는 경우가 가끔 있었다. 결국 집단 주택지의 젊은이 몇몇이 푸아드를 직접 병원으로 옮기기로 했다. 아아, 하지만 푸아드는 이미 너무 많은 피를 흘린 상태였고, 응급 조치 승인을 받자마자 혼수상태에 빠졌다. 그리고 며칠 뒤 푸아드는 숨을 거뒀다.

이어서 어린 파루크에게도 일이 생겼다. 겨우 열서너 살밖에 되지 않던 파루크는 극심한 천식 발작을 앓고 숨졌다. 여기에 깊은 죄의식을 느낀 파루크의 아버지는 아들의 시신을 닦을 때 이맘의 곁에서 도와달라고 내게 부탁했다. 이맘이 관례에 따라 시신을 닦을 때 본 어린 파루크는 금속판 위에서 평온히 잠들어 있는 듯했다. 지금도 가방에 파루크의 옷을 넣어 영안실 버스를 타고 돌아오던 그때가 기억난다. 나는 끝없이 이어지는 도시 풍경 속 허공을 멍하니, 무심히 바라봤다. 파루크의 가족과 우리 가족은 친했다. 나는 그 개구쟁이가 크는 모습을 쭉 지켜봐왔다.

우리 건물에 살던 어떤 여성도 어느 날 자신의 집에서 목을 매고 숨졌다. 망명의 고통과 딸들의 망가지는 모습을 더 이상 견디지 못했던 것이다. 구역에서 딸들은 몸으로만 의사 표현을 하는 걸로 유명했다.

가난은 내게 한 번도 재앙으로 다가온 적이 없었다. 신앙생활이 가난을 덮어 나를 보호했기 때문이다. 내가 자기중심적인 성향이 강함에도 불구하고 나의 신앙 역시 그런 초연함에 젖어들었다. 항상 나는 진심을 다했다는 느낌을 강하게 갖고 있었고, 그래서 서로 다른 모순도 쉽게 넘나들 수 있었다. 앞으로 나는 이 말을 당당하게 할 수 있기를 바란다. 지금까지 내가 살면서 일어난 중요한 순간들은 누군가가…… 혹은 내 안의 뭔가가 죽으면서 나타난 단절로 이뤄졌다. 이런 불행의 연속은 내가 절대적 진리로 여겨온 모든 것의 연관성을 자각하게 만들었다. 한쪽에 우리 무슬림이 있고 다른 한쪽에 비종교인(쿠파르)이 있다고 굳게 믿고, 이를 절대 겉으로 드러내지 않음으로써 나는 이중성을 지킬 수 있었다. 이렇게 지속된 불일치, 그리고 고통에 대한 조심스럽고 위선적인 거리를 통해 나의 모든 행동은 역설로 귀착되거나 혹은 내게 거짓을 강요했다. 내 행동을 경건하다고 믿었을 때도 마찬가지였다.

이제 나는 '우리'도 '타자'도 아닌, 행복을 찾는 남녀가 있을 뿐임을 깨달았다. 우리 모두가 '하나'일 뿐이라고, 인류를 극단적으로 두 부류로 나누려는 생각 역시 편의를 위한 환상일 뿐이라고 느꼈다. 하지만 여전히 이런 자각을 논리적으로 설명할 순 없었다. 보편적 이상과 평범한 현실 사이에서 고민을 거듭했기에 그 수준까지 다다를 수 없다고 생각했다.

———

처음에는 이슬람교가 어느 정도 도움이 되는 것 같았지만 나는 다시 궁지에 몰렸다. 개종한 직후에 비해 그다지 확신이 서지 않았다. 두려움을 느끼면서도 타리끄 라마단의 서적을 모조리 탐독하고, 그의 강연에 빠짐없이 참석하고, 타블리그 활동에 몇 배의 노력을 들였는데…… 이 모든 게 벌어진 상처를 제대로 숨기지 못하는, 허술하게 감은 붕대 같았다. 내가 열의를 갖고 배운 모든 것(진실 어린 영적 진리와 말도 안 되는 구호의 어수선한 조합)이 내게 전혀 도움이 되지 못했다. 무엇인가 부족함을 느꼈다. 마지드처럼 우리에게 주어진 것에 만족하길 바랐다. 타리끄 형제가 우리를 달랜 이야기에, 내가 프랑스를 가로지르며 사원 이곳저곳에서 '나설' 때 함께한 이들의 뜨거운 설교에, 우리에게 아낌없이 주어진 너그럽고 교훈적인 조언에 경도되길 고대했다. 상대의 신앙을 이해하면서 그 신앙이 그에게 맞는다고 이해했지만 어쩔 줄 몰랐다. 이런 생활 방식은 내 귀에 공허한 소리로 전해졌다. 나는 좀더 깊고 본질적인 것을 바랐다.

게다가 내가 '하느님의 오솔길로 나선 것'은 판촉전처럼 받아들여졌다. 어느 순간부터 길에서 마주친 많은 젊은이가 내게 사인을 해달라고 달려들었다. 나는 더 이상 나를 어떻게 해야 할지 몰랐다. 나로선 완벽한 작전 실패였다…… 내가 속한 그룹의 에미르가 사원에서 나를 따로 불러 긴 이야기를 하기 전까지 말이다. 약간 부연하자면, 에미르는 내게 랩과 관련된 모든 활동을 관두라고 재촉했다. 그가 보기에 음악은 나의 신앙을 심각한 위험으로 몰아넣었기 때문이다. 그리고 에미르는 (신성한 분노를 담은 자신의 저주와 협박을 순화하려는 목적으로) 자신이 한때 미국 가수 배리 화이트의 광팬이었지만 하느님을 위해 자신이 갖고 있던 33회전 레코드판을 주저 없이 전부 파기해버렸다는 얘기까지 했다. 이후에 모든 게 잘 풀렸다고 강조했다. 더군다나 나는 모든 그룹 구성원으로부터 비난의 시선을 받아야 했다. 이게 아마 내게 주어진 가장 가혹한 고통이었을 것이다. 나는 그들 모두가 틀린 건 아닌지 자문했다. 그렇게 서로 모순되는 두 가지 활동을 병행한다는 건 더 이상 불가능했다. 내가 '하느님의 오솔길'로 나선 것은 이때가 마지막이었다.

내가 회의를 느끼며 우울한 시기를 보내는 동안, 우리 그룹은 메이저 음반사 BMG와 《이 세상 마지막 순간》이라는 제목의 두 번째 앨범을 엄청난 조건으로 계약했다. 앨범을 녹음하는 동안 나는 당시 내가 하고 있던 음악활동과 신앙을 상대화할 필요가 있음을 강하게 느꼈다. 그래서 가잘리, 무하시비, 심지어 이븐 아타 알라의 책까지 탐독했다. 그 책들은 이슬람교가 가진 다른 측면으로 나를 이끌었다. 나는 환생을 믿지는 않지만, 책에서 다룬 신비주의적 주제들은 이미 전생에서 공부한 것처럼 내 안에 울려 퍼졌다. 앨범을 계속 구상하면서 나는 중대한 결심을 내렸다. 더 이상 피상적인 신앙심에 만족하지 말 것, 그리고 더 이상 영적인 여정에서 예술활동을 억지로 떼어놓지 말 것. 이제 일상에서 이 결심을 실천하는 방법을 파악해야 했다.

이런 질문을 갖고 있던 시기에 스트라스부르에서 코란 해석 세미나를 개최한 타리끄 라마단을 만났다. 그리고 1998년 겨울, 어느 날 저녁에 그를 따로 만나는 자리를 마련했다. 그전에 나는 리옹에 들러서 타리끄의 책들을 출간한 타위드 출판사의 대표자들을 만나 의견을 나눈 상태였다. 음악과 음악의 정당성을 주제로 그들과 나눈 긴 토론에서 특별히 얻은 건 없었다. 그래서 프랑스에서 이슬람교를 믿는 모든 젊은이에게 막대한 영향력을 행사하고 있는 주인공이 어떤 생각을 갖고 있는지 그의 입을 통해 직접 듣고 싶었다. 우리는 마지드의 집에서 그를 만났다. NAP의 모든 멤버와 스트라스부르 역 근처 사원의 이맘이 함께했다. 우리는 정중하면서도 우애 깊은 논의를 펼쳤다. 하지만 타리끄 라마단의 말은 나를 만족시키기엔 너무 포괄적이었다. 그의 말에 따르면 우리는 이슬람교를 믿는 서양 아티스트로서 신앙에 따라 참신한 예술 형식을 만드는 데 전념해야 했다. 그의 이야기는 동의를 이끌어내긴 했지만 아무런 울림도 남기지 못했다. 다른 예술 영역과 마찬가지로 음악에서도 자연적으로 발생하는 건 아무것도 없었다. 당대의 경향, 장르, 스타일은 모두 나름의 계통을 갖고 서로를 풍요롭게 만들었다. 하물며 다양한 문화가 공존하는 이 서양에서도 마찬가지였다. 우리 멘토가 전한 충고는 어쩌면 문체, 주제 선택, 발성 연기에 관한 구현에 도움이 되었는지도 모른다. 하지만 철저히 음악적인 관점으로 보면 아무런 의미가 없었다. 나는 마지드의 부인이 우리를 위해 준비한 맛있는 식사를 하면서 콜라 두 모금을 마셨고, 미소를 지으려고 했지만 당황스러움은 수그러들지 않았다. 논의는 디저트를 먹을 때까지 이어졌다. 자리를 뜨기 전에 타리끄 형제는 우리 앨범을 진지하게 듣고 빨리 소감을 말해주겠다고 약속했다. 내 시선에서 지속적인 불안을 느낀 그는 내가 갖고 있는 고통이 내 음악적 구현과 신앙이 서로 맞지 않아 나타난 결과일 거라고 말했다. 그의 말은 나를 오싹하게 했다. 그렇게 말함으로써 그는 무엇을 원했던 것일까? 그의 말이 옳을 수도 있지 않을까? 그렇다면 자신이 해석한 이슬람교에 내가 맞춰야 한다는 걸 암시하는 걸까? 나는 깊은 절망에 빠지고 말았다. 항상 나만의 자유를 조심스럽게 지켜온 데다가 이데올로기 지도자가 아니라 조언이 필요했기 때문이다.

음반에 대한 타리끄의 소감은 결코 직접 전해지지 않았다. 하지만 그의 측근이 우리에게 연락해서 우리와 같은 고민에 직면한 다른 무슬림 아티스트들과 만남을 주선하고자 했다. 우리 작품들을 이슬람교와 양립시키는 작업을 하는, 일종의 예술 위원회를 설립하는 게 그들의 주된 목적이었다. 하지만 나는 그게 검열 위원회처럼 보여서 거부 의사를 밝혔다. 나의 진심에서 우러나온 것을 타의에 따라 수정을 가해 일정한 틀에 넣을 수는 없었다. 나는 우리가 공유하는 전통의 위치에 대한 지식을 얻고자 하는 젊은 음악인으로서 그들에게 다가갔다. 하지만 그 사람들은 내게 초대장으로 답하며 고정된 체계에서 완성된 굴욕적인 조건을 받아들이도록 했다. 나는 무슬림의 진정성과 공손함으로 그들을 대했고, 그들은 권력을 활용한 전략으로 나의 발걸음을 돌리려고 했다.

결국 나는 그런 방식을 본능적으로 거절함으로써 스스로에게 강요한 속박에서 벗어났다. 이즈음 이와 비슷한 경험을 한 것도 이유가 되었다. '오늘날의 이슬람 예술'에 관한 대중 강연에서 유수프 이슬람(개종 전에 캣 스티븐스라고 불린 1970년대 영국 출신 팝스타)을 만난 적이 있었다. 대화를 길게 하면서 유수프는 타리끄 라마단이 그랬듯 똑같은 말을 내게 전했고, 마찬가지로 우리 앨범에 관해 절대 답을 주지 않았다.

여러 달이 지난 뒤 우리는 (파리 출신으로 들라벨 소속 랩 아티스트들인) 스테, 옥스모 푸치노와 함께 프랑스 전역과 스위스를 아우르는 긴 투어를 진행했다. 두 번째 앨범은 큰 성공을 거뒀고, 우리는 기념비적인 공연을 펼쳤다. 국적과 성별을 불문하고 수많은 사람이 무대 뒤로 찾아와 우리 노래가 자기 삶을 바꿔놓았다고 이야기했다. 그중 어떤 사람들은 우리를 통해 이슬람교를 믿기 시작했다고 고백했다. 이보다 더 놀라웠던 건 우리 노랫말을 통해 종교적인 문제 제기가 결국 보편적인 것임을 깨닫고 자신들이 믿는 (기독교나 유대교 같은) 종교에 더 심취하게 됐다고 말한 사람들도 있었다는 것이다. 사람들은 우리가 자신과 주변 사람에게 미친 영향에 대해 감사를 표시했다. 결과적으로 세상은 반대가 되어 있었다. 우리 인생(내가 보기엔 특히 나의 인생)이 그 어느 때보다 부침을 겪고 있던 데 반해, 사람들은 우리가 한 랩과 인터뷰를 통해 자신의 인생을 다잡고 있었기 때문이다.

투어가 끝나고 몇 주가 지났을 때 JMF프랑스 이슬람 청년회에서 우리에게 낭트 공연을 제안했다. 나는 이 제안에 크게 감동했다. 행사를 취소하라고 요구하는 수많은 항의와 협박 편지에도 이 단체는 본래의 뜻을 절대 굽히지 않았기 때문이다. 콘서트는 아무 탈 없이 잘 치러졌다. 나는 동반자를 찾았다는 느낌이 강하게 들었고, 이를 통해 항상 그들에게 감사하게 되었다. 이 기회를 통해 당시 JMF 회장이던 파리드 압드 알 크림은 물론 보르도 사원의 원장인 이맘 타레끄 우브루까지 알게 되었다. 그는 섬세한 호의와 확고한 진정성을 갖춘 보기 드문 인물이었다. 나는 그의 인격과 언어에 큰 영향을 받았다. 그가 보기에 우리 행동은 정당하고 유익한 것이었다. 물론 그는 학자로서 교리를 지켰지만, 순수하게 자아를 걱정하는 영혼의 안내자로서 우리에게 이야기를 전했다. 우리에게 그는 이데올로기적 도식에 따라 지성에 순응할 것을 강요하기보다 우리 자신과 내적 성장에 더 큰 관심을 둔 진정한 하느님의 사람이었다! 한마디로 이맘은 우리를 믿었다. 그와 함께하면서 처음으로 나는 엄격하고 터무니없는 실천이나 순수하고 단순한 배교 외에 제3의 길이 있을 수 있음을 본능적으로 짐작하게 되었다.

이후 이맘과 알찬 대화를 많이 나눴다. 그러던 어느 날, 그가 어떤 사회도 신학자로만 구성될 수 없다고 주장했다. 거리를 두고 보면 정말 당연한 얘기지만, 이 단언은 나를 감동시키기에 충분했다. 나는 적법과 불법, 즉 할랄과 하람에 대한 끝없는 불안과 죄책감을 야기하는 불안에 위축되어 있었다. 소수자 사회에 사는 무슬림은 대부분 나와 같았다. 교리에 맞춰 규율을 완벽하게 지키고자 하는 욕구 탓에 스스로 자기 신앙에 맞지 않는 위치에 있다고 항상 느꼈기 때문이다. 물론 실제 삶에서는 우연으로 인해 절대 그 위치에 가지도 못한다. 자,

우리 모두는 율법학자가 아니다! 그리고 그렇게 돼야만 하는 것도 아니다. 우리에게 개별적으로 주어진 자질과 더불어 각자의 길을 찾으면 된다. 코란에서 "하느님은 영혼에게 자기 능력 이상의 것을 강요하지 않는다"라고 말하지 않는가? "일을 쉽게 하라. 그리고 어렵게 만들지 말라"고 예언자 무함마드(PSL)가 확실히 얘기하지 않았는가? 율법학자가 확실히 설명한, 자칫 진부해 보일 수도 있는 이 자명한 이치가 결국 나를 구원했다.

———

무슬림이 되고 나서 종종 결혼에 대해 생각했다. 하지만 결혼 문제를 충분히 해결할 만한, 나와 함께할 만한 '자매'는 계속 찾지 못하고 있었다. 이슬람교를 믿은 이래로 (결혼 범주 밖에서) 종교가 권장한 것에 따라 단 한 명의 여자도 건드려본 적이 없었다. 하지만 솔직히 말해서 결혼이 반드시 필요하다는 느낌을 갖지 못했다. 매 순간 다양한 활동과 내적인 공을 들이느라 바빴다. 결혼할 시기가 오고 말았지만 이런 결정을 이끈 특별한 계기는 전혀 없었다. 사랑 때문이라고 말하고 싶진 않다. 한때 내가 결혼을 생각했던 아가씨는 가끔 만나는 소꿉친구였다. 우리는 몇 년 동안 어울리다가 서로 혼자임을 확인하고 결혼을 주제로 이야기를 나누게 되었는데, 서로 '안 될 게 뭐야?'라는 식으로 말을 주고받았다. 양가 부모들이 결혼 방식에 대해 합의를 보고 났을 땐 이미 약혼한 사이나 다름없었다. 하지만 NAP의 첫 앨범이 나오고 얼마 지나지 않은 어느 날, 마지드와 함께 술리네 집을 찾아갔다. 당시 술리는 깊은 사랑에 빠져 곧 결혼을 앞두고 있었다. 그날 술리는 내가 한 번도 만난 적이 없는 나우알이란 여성을 소개시켜 줬다. 나는 악수를 나누기도 전에 그녀에게 첫눈에 반해버렸다. 물론 나우알에게는 거의 관심이 없는 것처럼 행동했다. 진심을 억누르려고 내가 곧 결혼을 한다는 얘기까지 했다. 모로코 출신인 나우알은 아이처럼 순수하면서도 정말 예쁜 얼굴을 갖고 있었다. 일렁이는 갈색 곱슬머리도 아름다웠다. 나우알은 자신이 열두 살 때부터 바이올린을 연주했고, 법대에 다니고 있으며, 보비니에서 아홉 명의 남매와 부모와 함께 살고 있다고 말했다. 나우알은 가수로 데뷔한 상태였고, 술리가 나우알에게 곡을 써준 지는 1년도 채 지나지 않은 상황이었다. 나우알의 재능은 이미 데모에서도 확연히 드러났다. 나우알이 처음 녹음한 노래를 들으면서 그녀가 아주 굉장한 아티스트가 될 거라고 확신했다. 나우알은 신앙심이 깊었다. 아주 어렸을 때부터 종교를 가졌고, 교외에서 어렵게 생활하면서도 부모로부터 완벽한 교육을 받았다. 서양 예술음악, 문학, 신비주의 시에 열광할 정도로 지성과 교양을 겸비하고 있었다. 아름다움, 우아함, 지성, 재능을 모두 갖췄던 것이다. 나우알은 축복받은 사람이었고, 나는 그런 나우알의 매력에 완전히 빠지고 말았다.

　음악활동의 일환으로 파리에 자주 오가는 것을 이용해 나우알이 술리네 집을 들를 때마다 그곳을 찾았다. 그리고 나우알과 함께 힙합과 이슬람교에 대해 이야기하곤 했다. 그 기회를 통해 나우알과 생각을 나누고, 나우알에 대해 더 많이 알게 되었다. 마음을 다잡으려 애썼지만 나우알의 모습은 머릿속에서 쉽게 떠나지 않았다. 몇 달 뒤에 다른 여성과 결혼할 예정이었기에 그런 상황이 점점 더 난처해졌다. 결국 나는 중대한 결정을 내렸다. 나우알이 내가 죽는 날까지 함께할 여성이 아니라면, 그건 정말 문제가 아닌가! 나는 약속을 깨기로 결심했다. 어차피 그 약속은 내게도 불분명했고, 상대에겐 더 불분명했다. 예식, 우리가 낳을 자식의 수와 순서 등 정말 세세한 부분까지 이미 염두에 둔 부모들에게는 더더욱 그랬다. 머지않아 우리는 각자의 길을 갔고, 이후 나는 그녀의 소식을 듣지 못했다. 그녀도 내 소식을 듣지 못했을 것이다.

이제 결혼 약속이 없어졌다고 하면서 나우알에게 청혼해야 할까? 끝내 나우알이 나한테 관심을 보이지 않는다면? 당시 나는 전혀 잃을 게 없다고 생각하면서 근근이 스스로를 위로했다. 그리고 NAP의 첫 대형 투어를 떠나기 전날, 나우알에게 장문의 편지를 쓰면서 내 눈에 그녀가 어떻게 보이는지를 빠짐없이 밝혔다. 몇 주 뒤 스트라스부르로 돌아왔을 때, 편지 한 통이 나를 기다리고 있었다. 나우알의 편지였고, 최소 열 번은 계속 읽었다. 편지에서 나우알은 나에 관한 이야기를 제대로 들어본 적은 없지만, 나를 직접 만나기 전부터 이미 좋아하고 있었다고 고백했다. 내가 나우알을 보고 첫눈에 반한 것처럼 나우알도 그랬던 셈이다. 우리는 갈등을 겪고 눈물과 희생을 이겨낸 끝에 몇 년 후 결혼에 성공했다. "하느님은 인내하는 자와 함께하신다."
우리 사랑은 일반적인 한계를 뛰어넘었다. 우리는 이곳저곳을 떠돌다
가 발드마른의 티에에 정착했다. 그리고 우리가 정착한 지 1년 후, 파
리 교외 남쪽에 위치한 바로 이곳에서 나는 오랫동안 서서 산모의 출
산을 기다리게 되었다.

병원 사람들이 나우알을 분만실로 옮기면서 황급히 나를 찾았다.
그들이 내민 작업복을 입고 다시 나우알을 만났다. 해산의 고통은 계
속 커져만 갔다. 나우알의 표정에서 그녀가 견디고 있는 고통을 읽을
수 있었다. 나는 줄곧 나우알의 손을 잡고 곁에 머물렀다. 그리고 평
생 '여성은 남성보다 위대하다!'라고 생각하기로 마음먹었다. 여성은
남성보다 한없이 더 강하다. 사내들은 근육을 만들 수 있고, 자기 피
가 흐르는 걸 볼 수도 있고, 다른 사람이 피를 흘리게 할 수도 있다.
하지만 그런 건 임산부를 포함한 모든 여성이 가진 담력에 절대 비할
바가 못 된다. 나우알은 눈앞에서 끔찍한 고통을 느끼고 있었다. 그리
고 고통이 정점에 달하자 "뭐라도 좀 해봐!"라고 내게 소리쳤다. 남성
이 처한 이 우스꽝스러운 처지란…… 내 대답은 "숨 쉬어봐……"였다.
그러고 나니 스스로가 더 바보처럼 느껴졌다. 바로 이때부터 불안에
떨었던 듯하다. 이제 겨우 '너나 침착해'라고 스스로를 달랠 여유가 생
겼을 때, 마취 의사가 다가와 "15분 걸릴 겁니다. 경막외 마취 들어갑
니다"라고 말하면서 나를 밖으로 내보냈다. 대기실에 오니 나와 같은
처지에 놓인 미래의 아빠들이 불안에 떨고 있었다. 내 휴대전화의 자

동 응답기는 메시지로 가득 차 있었다. 모두가 새로운 소식을 기다렸다. 먼저 어머니의 메시지를 들었는데 이 말만 반복했다. "모든 게 다 잘 끝날 거야. 하느님을 생각해……" 어머니의 목소리에서 본질적인 무엇인가를 들을 수 있었다. 어머니가 항상 나와 모두를 용서한 이유, 심지어 스테판까지 용서한 이유를 말이다. 스테판이 미친 짓을 했을 때도, 교도소에서 나왔을 때도, 다시 마약과 술로 밤을 지새웠을 때도 어머니는 그를 용서했다.

나는 이제 이해한다. 여성이 불확실한 인생을 살아야 했음을 이해한다. 음란한 시선과 말과 비유에 헐뜯기고 위축되며 조롱당하는 것이 용납될 수 없는 일임을 이해한다. 남성은 시시하게도 자신을 위해 알아서 힘과 권위를 갖는다. 나의 어머니는 가족과 친구, 그리고 일터를 눈물로 떠나보냈다. 사랑을 좇아 이사한 나라는 처음에 전혀 마음에 들지 않았을 것이다. 그곳에서 어머니는 고정된 직업도 없이 자식들을 아무런 불평하지 않고 홀로 키워야 하는 처지에 놓였다. 이렇게 극빈한 상황에서도 어머니는 절대 포기하지 않는 힘, 자식들에게 가치관을 심어주는 힘을 자기 안에서 항상 발견했다. 어머니의 사랑을 듬뿍 받은 자식들은 거리에서 온갖 유혹을 이겨내고 앞으로 나아갈 수 있었다. 많은 남성이 실패한 곳에서, 많은 남성이 오랫동안 과오를 힘겹게 받아들인 뒤 다다른 곳에서 어머니는 자신에게 주어진 고통에 맞서 자발적으로 승리를 거뒀다. 자식에게 아빠이자 엄마가 동시에 될 수 있는 남성이 얼마나 있을까? 내 어머니는 이 세상의 수많은 어머니처럼 부득이하게 이중 역할을 해야 했다. 내가 이런 어머니를 사랑하는 건 당연한 일이다.

나우알에 관해서도 어떻게 이야기해야 할지 모르겠다. 나우알은 나를 사랑한다는 이유로 자기 가족과 당당히 맞서야 했고(그럼에도 나우알은 가족을 너무나도 사랑한다), 이후에는 가족 모두의 마음을 되돌리기 위해 굴욕을 무릅쓰면서 끈기와 애정으로 무엇이든 이겨냈다.

그렇게 나는 허공을 떠다니듯이 아내와 어머니를 향한 사랑에 푹 빠진 상태로 대기했다. 머릿속엔 온갖 생각이 들끓었다. 그리고 나를 부르는 소리에 마치 기계처럼 방으로 뛰어가서 모든 진척 상황을 확인했다. 4시간이 넘게 지났지만 마치 1초도 지나지 않은 것처럼 느껴졌다. 머리가 띵했다. 여태껏 기절한 적이 한 번도 없었는데, 작고 끈적끈적한 아기의 머리를 보고는 거의 기절할 뻔했다. 나는 아이처럼 눈물을 잔뜩 쏟아냈다. 나우알과 아기의 모습은 그야말로 눈부셨다.

"천국은 당신 어머니의 발밑에 있다." 대예언자(PSL)의 말씀이다.

# 4장

# 이 세상 모두를 향해

내가 이슬람교의 신비주의 신학인 수피교에 관심을 가진 지도 벌써 몇 년이 지났다. 구역 사원에서 진행되는 교육 모임에 참여하던 형제 하나가 시리아의 다마스쿠스를 여행하고 돌아와 이븐 아라비<sup>Ibn Arabi</sup>의 능을 순례했던 이야기를 듣고 수피교를 접하게 되었다. 그때 난 '순례'란 게 무엇인지 몰랐고 이븐 아라비가 누군지도 몰랐다. 그래서 그 형제에게 아무 반응도 보이지 않았다. 그런 건 전부 이슬람교와 다소 상반되는 미신처럼 보였다. 그럼에도 그 형제의 이야기가 계속 기억에 남아 호기심을 자극했다. 그래서 수피교에 관한 책들을 구입해 읽게 됐다. 거기에는 나의 신앙생활에 주어졌던 것보다 훨씬 더 폭넓고, 자유롭고, 심오한 영적 숨결이 담겨 있었다. 그리고 나도 모르는 사이에 그 문헌은 타블리그, 프랑스 이슬람 기구 연합, 타리끄 라마단의 보호 아래 지내던 몇 년 동안의 나를 지탱했다. 나는 독서가였다. 프나크의 서가 쪽에 가서 오후 내내 혹은 하루 종일 있다 오곤 했다. 그리고 언젠가 이 두꺼운 책을 살 거라고 다짐했다. 파란 눈에 이슬람교 의복을 입은, 덕망 있는 흑인의 얼굴 너머로 두 개의 제목이 책 표지를 장식하고 있었다. 그것은 아마두 암파테 바가 쓴 『풀라니 어린이 암쿨렐Amkoullel, l'enfant peul』과 『그렇습니다, 지휘관님Oui mon commandant』이었다.

앞서 말했듯이 마지드는 내 열여덟 번째 생일에 가잘리의 작품을 선물했다. 이 무렵의 나는 독서를 하다가 에미르인 압드 엘 카데르라는 중요한 영적 인물을 발견했다. 프랑스군에 맞서 싸웠던 이 알제리 레지스탕스 용사는 놀랍게도 다수의 중요한 작품을 통해 신비주의적 성향을 보인 탁월한 시인이자 대<sup>大</sup>수피교인이었다. 게다가 프랑스에 억류되어 있는 동안 프리메이슨단에 가입했고, 자신의 뜻에 따라 다마스에 위치한 이븐 아라비의 묘 근처에 묻혔다. 수세기의 간극에도 압드 엘 카데르는 이븐 아라비를 자신의 스승으로 여겼던 셈이다. 이런 방식이 추구하는 이슬람교의 개념은 우리가 시작해야 하는 가장 위험한 전쟁인 '영혼의 지하드' 혹은 '주요 지하드<sup>jihâd al-nafs</sup>'를 통해 개인의 깊은 내면과 신의 관계를 가로막는 자아에 맞서도록 했다. 대예언자(PSL)의 하디스에서는 "자신의 영혼을 아는 자가 자신의 주를 안다"고 전한다. 한편 나는 가잘리 다음으로 그가 스승으로 여겼던 사람 중 한 명인 무하시비를 발견하기도 했다. 그의 이름은 '자신에게 책임을 묻는 자'라는 의미를 갖고 있었다. 다른 사람을 비난하며 손가락질하는 대신 우리 자신을 돌아봐야 한다는 생각이 마음에 들었다.

《이 세상 마지막 순간》을 녹음하는 동안 다른 이슬람교를 구별하는 데 도움이 된 여러 권의 책을 열독했다. 그리고 얼마 뒤 모하메드가 바로 전날 밤을 꼬박 지새워 읽었다며 내게 책 한 권을 건넸다. NAP의 초창기 멤버인 모하메드는 당시 나처럼 종교적 탐색에 몰두하고 있었는데, 나보다 훨씬 더 진지한 자세로 임했다. 그가 건넨 책은 파우지 스칼리라는 사람이 쓴 『빛의 흔적들Traces de lumière』이었다. 이 짧으면서도 눈부신 책은 그전에 읽었던 다른 책들처럼 내 의식을 일깨웠다. 그 결과 내가 접한 교외의 이슬람교가 분명히 프랑스 교외의 정신 상태에 대응하는 종교성을 갖고 있으면서도 주변적인 이슬람교에 불과함을 깨달았다. 교외의 이슬람교는 가끔 분쟁지역까지 아우르며 주변부에 머물렀지만 이슬람교의 영적·보편적 중심과 핵심까지 다다르지는 않았다.

나는 눈물 날 정도로 감동적인 수피교 문학에 열광하곤 했다. 하지만 이런 영적 경험으로 인생을 영위하는 것이 더 이상 가능하지 않다고, 우리 시대에 입문 경로란 더 이상 존재하지 않는다고 확신하고 있었다. 내가 앞서 얘기한 아마두 암파테 바가 쓴 유명한 자서전을 사기로 결심했을 때까지만 해도 그렇게 믿었다. 하지만 나는 아마두가 어렸을 때부터 지도자를 따랐을 뿐만 아니라 이후에 위대한 지도자가 되었다는 걸 알고 정말 깜짝 놀랐다. 아마두 암파테 바가 1991년에 숨졌다면 그가 남긴 유산은 후계자나 조직의 이름으로 아직 남아 있어야 했다. 그래서 조사를 한 끝에 어떤 책에서 그들의 평신도회 본원 주소를 발견하고야 말았다! 정말 흥분할 수밖에 없었다. 나는 당연히 티자니야 타리카tariqa(평신도회)에 연락을 취해 본원(자우이아 zawiya)이 모로코 페스에 있다는 사실까지 확인했다. 그리고 다가오는 8월이 되자마자 그곳에 가기로 결심했다.

눈앞의 현실 너머에 대한 직관, 세상의 의미 작용이 이뤄지는 내막에 대한 직관은 그때까지 내게 순수한 신앙 행위인 동시에 불만의 싹이 되었다. 내가 아무리 종교적 교양의 범위를 넓혀도 존재의 근원은 그 범위를 항상 비껴갔다. 그 의미를 향한 나의 믿음은 멈추지 않았다. 결국 나의 행위, 태도, 실망감은 존재에 관한 하나의 중대한 질문으로 귀결될 뿐이었다. 무엇이 내게서 그 의미를 감추는 걸까?

　나는 충만함에 가까운 무언가가 본질에 내재한다는 직관을 항상 갖고 있었다. 예를 들어 위베르의 죽음으로 내적인 혼란을 겪었을 때, 아니면 내가 처음으로 수피교 서적들을 읽었을 때 그런 직관이 나타났다. 이런 경험들을 통해 나는 단념하는 법을 배우고 현실을 받아들일 수 있었다. 그 경험들이 주는 강렬함은 내가 범죄와 집단 주택지를 통해 혹은 타블리그와 타리끄 라마단의 강연을 통해 느꼈던 것보다 훨씬 더 강했다. 이제 나는 그걸 체감할 수 있었고, 수피교인들은 거기에 더할 나위 없는 확신을 심어줬다. 그때까지 내가 경험한 모든 것, 다시 말해 직관의 미로와 이슬람교에 준거한 이데올로기 속에서 그간 겪은 편력과 랩음악, 아티스트적 삶까지 포함한 모든 것은 내면의 본질, 즉 내가 닿아야 할 그 깊은 근원을 감추기만 했다. 내가 느낀 의미에 대한 이 끊임없는 탐색이야말로 내 안에서 메아리치는 신의 부름이었기 때문이다. 위대한 수피교 시인인 이븐 아라비도 이미 중세에 이렇게 노래했다.

　들으라, 오 사랑하는 이여!

난 세상의 실재요,

중심이자 주변이요,

난 세상의 일부이자 전부요……

사랑하는 이여,

내 아무리 널 불러도,

넌 날 듣지 않더라!

내 아무리 내 모습을 네게 보여도,

넌 날 보지 않더라!

내 아무리 기분 좋은 향기를 내도,

넌 느끼지 않았고,

맛있는 음식도,

넌 맛보지 않더라.

왜 넌 네가 만진 물건들로

내게 이르지 못하는가?

아니면 향기로 나를 들이마시지 못하는가?

왜 넌 날 보지 않는가?

왜? 왜? 왜?


페스에 가기로 결심한 그날 저녁, 텔레비전에서 모로코의 역사적인 대도시에 관한 탐사 프로그램이 방영되었다. 나는 빌랄에게 그 프로그램을 녹화해달라고 부탁했다. 스트라스부르 대사원에서 사흘 동안 야간에 열리는 강연 시리즈에 참석하려고 했기 때문이다. 강연 주제는…… 수피교였다. 초만원을 이룬 강연장에 들어갔을 때 강연자두 명이 이미 발언을 시작한 상태였다. 나는 그들이 누구인지 전혀 몰랐는데, 나중에 알고 보니 한 사람은 스트라스부르 대학교 조교수 에리크 조프루였고, 다른 한 사람은 알 알라위야 평신도회의 영적 지도자인 셰이크 방투네였다. 놀랍게도 내가 사원에서 꽤 가깝게 지내던 사람들과 수피교에 안 좋은 감정을 갖고 있는 걸로 아는 사람들이 청중의 대부분을 차지하고 있었다. 강연자들은 자신에게 주어진 발언 시간 동안 편안하게 말을 할 수 있었다. 하지만 질문하는 시간이되면서 상황은 엉망으로 돌변했다. 특히 청중이 흥분했다. 증오에 가까운 이해 부족이 마이크를 잡은 사람들을 이끌었다. 이 가운데 금발에 맑은 눈을 가진 한 젊은 개종인이 가장 격렬하게 개입했다. 대사원에서 자주 만나 알고 있던 사람이었다. 그 사람은 '수피'라는 이름까지도 강하게 부정하며 분노로 얼굴을 붉혔다. 그리고 우리 모두를 무슬림으로 간주하며 다른 단체들과 구별되길 바란다는 것 자체가 이미 오만한 짓일 뿐 아니라 일종의 피트나<sup>fitna</sup>(불화)만 야기할 수 있다고 강조했다. 그러더니 그는 못지않게 화가 난 10여 명의 사람들과 함께 시끄럽게 강연장을 빠져나갔다. 그때 나는 출구에서 내가 아는 신자들과 잠시 머물러 있었다. 잠시 후 불쾌한 말들이 번지기 시작했다. "저게 뭐하는 짓이야!" "어쨌든 쟤네들이 하는 짓이 다 저렇지……." "왜 저 인간들한테 말할 기회를 준 거야? 팔레스타인이랑 체첸 공화

국에 가면 상황이 더 심각하다고. 저 인간들 우리한테 헛소리만 하잖아……." 나는 사람들이 하는 말을 충분히 듣고는 잽싸게 그곳을 벗어났다. 이틀째 저녁 일정은 훨씬 더 온화하고 평온한 분위기 속에서 진행되었다. 하지만 단도직입적으로 말해 청중의 수는 점점 줄었다. 이슬람 문화에서 만개한, 그 위대한 수피교의 신비주의는 집단 주택지에서 아무런 울림도, 신뢰도 낳지 못했다.

이후 몇 주가 지났을 때 빌랄이 녹화해준 페스 관련 방송이 떠올랐다. 그 방송은 신구 무슬림 거주지에 대한 관광 탐방 프로그램이었다. 프로그램을 보며 실망하던 나는 화면 속에서 이따금 모습을 드러내던 어느 인류학자의 이름을 확인하고는 흥분을 감추지 못했다. 파우지 스칼리! 내게 큰 영향을 미쳤던 『빛의 흔적들』의 저자였다. 나는 그 책이 수세기 전에 죽은 어느 무명 이슬람교 수도승이 쓴 것이라고 생각하고 있었다. 결국 나는 책에 희미하게 새겨진 주소만 믿고 페스에 가기로 결심했다. 살아 있는 수피교도가 페스에 살고 있다는 증거가 바로 이 주소였다!

이때부터 일이 빠르게 진척된 듯하다. 며칠 뒤 에투알 광장에서 모로코 출신의 한 절친한 친구와 마주쳤다. 그 친구는 뇌오프의 사회문화 센터를 10년 가까이 관리하다가 당시에는 스트라스부르 시청에서 카트린 트로트만 시장 밑에서 일하고 있었다. 그런 그 친구가 자신이 '유럽의 수도' 스트라스부르와 유네스코 지정 '인류 유산' 도시인 페스의 자매결연 작업을 진행시켰다고 조용히 알려준 것이다.

그로부터 2주 뒤, 파리에 있던 나는 친구 라시드 뱅진의 연락을 받았다. 라시드는 라 생키엠을 통해 여러 교외지역에 방송된 프로그램을 진행할 때 NAP와 함께 나를 초대한 선생이었다. 나는 라시드에게 내가 페스로 갈 계획이 있음을 넌지시 알렸다. 그러자 내가 그 이유를 설명하기도 전에 라시드는 "그곳에서 이 주제로 글을 많이 썼을 뿐만 아니라 네가 원하는 모든 질문을 받아줄 수 있는 녀석"이라는 소개와 함께 어떤 사람의 연락처를 내게 알려줬다. 물론 이 사람도 파우지 스칼리와 관련이 있었다. 스트라스부르로 돌아온 후 모하메드와 빌랄이 사회 복지 센터에서 여름 동안 거의 내내 쓸 미니밴을 빌렸고 목적지를 모로코로 정했다는 이야기를 듣고는 더 이상 장소에 대한 고민을 하지 않았다.

나는 다마스쿠스 여행을 가자는 마지드의 제안을 거절했다. 하지만 마지드는 나를 따라 페스에 가기로 이미 수차례 약속해둔 상태였다. 우리 둘 중 한 사람이 중동으로 가고 다른 한 사람이 마그레브로 간다는 구상엔 뭔가 매력적인 구석이 있었다. 마지드는 더 오래 체류할지 최종적으로 결정을 내리기 전에 한 달 동안 가족과 함께 그곳에 가 있기로 했다. 우리 두 사람이 길을 나선 의도는 서로 달랐다. 마지드는 법 원리, 교리 등 이슬람교의 형식적인 학문을 형성한 모든 걸 파악하기를 원했고, 나는 이슬람교에 중점을 두면서도 좀더 '영적인' 측면에 집중했다. 나는 신자로서 진보하는 방법을 배우고 싶었고, 마지드는 자신이 학자로 성장하기를 바랐다. 어쨌든 우리는 막역한 친구 사이를 유지하고 있었고, 돌아오자마자 각자의 경험을 서로 공유하기로 약속했다.

───────

스페인 남부를 가로지르며 스페인의 이슬람교와 이븐 아라비에 대한 생각에 가슴이 벅차올랐다. 이와 동시에 『안달루시아의 수피교도들Soufis d'Andalousie』에서 이븐 아라비가 그리워한 잊을 수 없는 얼굴들을 떠올렸다. 얼마 지나지 않아 우리는 한 손에 캔을 든 채 말라가의 어느 부두 위에 서 있었고, 그곳에서 나를 찾아 떠나는 여행을 함께할 배를 기다렸다. 모로코는 전통과 현대가 절묘한 조화를 이루고, 주민들의 손님맞이가 각별해 감탄을 자아내는 곳이었다. 하지만 우리를 맞이한 아름다움과 처음으로 이슬람 땅을 밟음으로써 얻은 생생한 감동에도 불구하고 나는 그곳에 없었다. 내 머릿속은 페스로 가득했고, 우리가 탕헤르에 도착해 둘러본 마을들만이 나와 목적지 사이의 거리를 좁혔다는 이유로 유의미했다.

페스는 노을이 지며 불타고 있었고, 기도 시간을 알리는 승려의 외침에 떨고 있었다. 그곳에 도착한 후 드디어 약속의 땅에 이르렀다는 느낌을 받았다. 발릴의 인근 마을에서 하룻밤을 보낸 뒤 우리는 먼저 뇌오프의 이맘을 찾아갔다. 마침 자신이 태어난 고향에서 휴가를 보내고 있던 이맘은 우리를 유명한 카라우인 사원에서 살라트 주무하salat jumuha(금요 기도)를 하게 한 뒤 유서 깊은 무슬림 거주지에 들르게 할 계획이었다. 그리고 이맘은 수호성인이자 지역의 기틀을 마련한 물레이 이드리스의 능에 이어 이븐 아라비가 영적인 여정 중에 중대한 단계들을 거친 아인 알 카일 사원으로 우리를 데리고 갔다. '정말로' 역사적이고 종교적 상징성을 지닌 장소에 있다는 사실에 나는 아이처럼 신이 났다. 그동안 책에서 읽었던 이야기들이 인물과 석재, 풍경이라는 살아 있는 틀 안에서 펼쳐졌다.

이맘을 집까지 배웅한 뒤 티자니야 자우이아에 가려고 다른 사람들에게 구시가지로 돌아가자고 말했다. 하지만 아무도 나와 함께하려고 하지 않았다. 일부는 가족을 만나고, 또 일부는 시장에 가기로 마음먹은 상태였다. 가이드 역시 나를 데리고 자우이아에 가는 것보다 시장에 가기를 바라고 있었다. 개인적으로 중요했던 그 유일한 방문은 그날 이후에도 계속 무슨 일이 생겨서 무산되기만 했다. 그러던 어느 날 아침, 파우지 스칼리에게 직접 전화를 걸기로 마음먹었다. 전화를 받은 파우지 스칼리는 나를 진심으로 반겼고, 그날 저녁 자신의 집에 와서 식사를 하라고 우리 여섯 사람 모두를 초대했다.

파우지 스칼리는 마치 늘 알고 지냈던 것처럼 우리를 아주 반갑고 따뜻하게 맞이했다. 이 파리 출신의 40대 인류학자는 페스의 사범대학에서 학생들을 가르치고 있었고, 유명 국제 행사인 페스 세계 종교음악 축제도 운영하고 있었다. 집단 주택지 출신 젊은이 중에 키 180센티미터에 몸무게 100킬로그램이 넘는, 우리 모로코 여행에 끌려왔던 '작은' 아흐마드라는 친구가 있었는데, 그 친구가 해준 이야기처럼

파우지 스칼리의 모습은 믿을 수 없을 정도로 평온해 보였다! 목소리
는 한결같이 온화했고, 몸짓은 신중하고 느긋했지만 부자연스럽지 않
았다. 그날 저녁 파우지 스칼리는 다른 친구들도 접대 중이었다. 그
사람들은 모두 프로방스나 프랑스 남부 출신이었는데, 우리가 응접실
로 들어갔을 때 이미 도착해 있었다. 백인이자 무슬림으로서 그 여섯
명의 손님이 갖고 있던 시각은 나를 정말 놀라게 만들었다. 내가 다른
백인 무슬림을 몰라서가 아니라 그들이 정말 특별했기 때문이다. 사
실 집단 주택지에서 개종한 사람들은 같은 특성을 가진 경우가 많았
다. 예를 들면 머리에 쓰는 터번, 긴 수염, 젤라바와 같은 이슬람교 전
통 복장에 극도로 엄격하고 아주 예민했다. 자신이 독신자처럼 보이
길 바라는 이런 부담스러운 경향은 오히려 자신의 뿌리를 포기해야
통합이 이뤄진다고 믿는 마그레브나 아프리카 출신 젊은이들에게서
나타났다. 물론 모든 백인이 이와 똑같은 태도를 받아들이진 않았지
만 많은 이가 그런 안 좋은 버릇을 갖고 있었다. 그중 일부는 자신의
가족을 신앙심이 없는 사람으로 간주해 느닷없이 인연을 끊기까지 했
다. 하지만 그날 저녁 우리와 함께했던 그 상냥하고 솔직한 백인들은
외형적으로 표시하거나 의복을 모방하는 식으로 자신을 드러내지 않
았다. 그리고 그 백인들은 대화를 하다가 '퇴폐하고 부도덕한' 프랑스
사회나 서양 문화를 단 한 번도 훈계하거나 비판하지 않았다. 이런 모
습은 내가 가깝게 지내던 집단 주택지 출신 백인 개종자들이 흔히 보
이던 태도와 달랐기에 놀랄 수밖에 없었다.

모로코식 식사, 다시 말해 풍요롭다는 표현으로도 부족한 멋진 식사를 한 뒤 나는 도착했을 때부터 너무 하고 싶었던 일련의 질문들을 파우지 스칼리에게 마구 쏟아냈다. 파우지 스칼리는 그 시험에 기꺼이 응했다. 나 혼자 밤마다 고민하면서 쌓았던 불확실함과 불안이 마침내 명쾌하게 해소되었다. 파우지 스칼리는 여태껏 내가 접하지 못한 아량으로 질문에 답했다. 그의 답을 듣는 동안 나는 그가 우리에게 한 말들을 원래 알고 있는 듯한 희한한 느낌을 받았다. 한동안 내가 가진 고민의 밑바탕에는 기독교의 교리가 해결하지 못한 회의가 있었다. 여기에 타블리그가 이끈 형식적인 이슬람교는 내게 결정적이고 확실한 답을 제공했고, 이로써 자아는 확신으로 똘똘 뭉쳤다. 하지만 전체적으로 할랄과 하람의 이분법으로 조직화된 견해를 통해 남의 결점을 시도 때도 없이 지적하는 뒷손가락질과 사고의 부재라는 저급한 윤리까지 배웠다. 이렇게 뒤바뀐 세상에서 나는 경박하면서도 내가 깊이 있다고 생각했고, 뇌의 주름 사이에 심장을 넣고 지냈다. 즉, 다른 곳에서 뇌를 기능시키지 않았던 셈이다. 그만큼 전도의 지적 수준도 낮았다.

파우지 스칼리는 순수 교리에 따라 실천하는 무슬림이었다. 자신의 모든 가르침을 보편적인 층위에 놓고 그동안 내가 배웠던 이분법적인 세계관을 마술처럼 녹였다. 그가 말했다. "개개인의 마음속엔 심오한 비밀, 그러니까 시공을 초월한 상황에서 그 사람을 존재의 본질과 연결시키는 어떤 계약이 있습니다. 그리고 코란을 보면 영혼들이 이

땅에 나오기 전에 신성한 주의 직관으로 모든 걸 증언했음을 알 수 있습니다. 예언자들과 영적 지도자들이 우리에게 온 건 각자에게 있는, 역설적으로 우리도 모르게 갖고 있는 '의식'에 따른 겁니다." 파우지 스칼리는 가끔 과일 바구니에서 오렌지를 꺼내려고 말을 멈췄다. 그리고 천천히 오렌지 껍질을 까면서 말을 이었다. "길 위의 최초의 지도자들은 예언자들입니다. 그리고 그중 첫째는 아담입니다. 이슬람교 전통은 아담이 타락한 다음에 회개한다는 것, 그리고 아담이 한동안 잃었던 최초의 존엄을 다시 얻도록 신이 아담을 용서한다는 것을 강조합니다. 아담의 근본적인 고귀함은 아담이 자신 안에 '하느님의 영'을 받았다는 사실에 있습니다. 그래서 천사들 스스로 아담 앞에서 굴복했던 것입니다. 땅 위에서 아담은 하느님의 대리자(칼리파[khalifa], 칼리프)입니다. 신의 실재를 나타내는 거울인 셈입니다. 그러므로 아담이라 불리는 인간의 원형은 모든 후손에게도, 그러니까 신의 영을 물려받은 유일한 인종에 속한 모든 존재에게도 가치가 있습니다. 그 존재의 성별, 민족, 전통을 불문하고 말입니다."

나는 온화하고 달콤한 분위기에 젖어들었다. 이어서 파우지 스칼리는 예언자들, 특히 영적 지도자에 대해 이야기를 꺼냈다. 난 사제관계가 그렇게 구조화되면서도 가볍고 빡빡하지 않을 수 있으리라고는 한 번도 상상해보지 못했다. 파우지 스칼리는 자신의 스승을 예로 들며 이야기를 진행했다. "지도자는 당신이 설교를 들으러 가는 대상이 아니라 표현으로 당신을 이끌고, 영적인 태도로 당신 안에 파고드는 사람입니다. 당신을 말로 다스리는 사람이 아니라 자신의 영적인 상태로 당신을 움직이는 사람이죠. 지도자는 당신을 열정의 감옥으로부터 구해내서 만인의 지도자, 즉 하느님께 인도하는 사람입니다. 그리고 당신 마음의 거울이 주의 빛으로 가득할 때까지 그 거울을 계속 닦는 사람입니다. 그는 신의 존재가 밝힌 빛으로 당신을 이끌어 '네 주 앞에 네가 왔노라'라고 당신에게 말할 겁니다." 파우지 스칼리에게 지도자란 반드시 함께해야 하는 동반자였다. 제자는 그를 통해 자신이 가진 모든 환영과 거짓된 지식을 버리고 하느님에 '의해', 하느님 '안에서' 완성된 진정한 지식을 얻는다.

───────

어느 날 사원에서 한 지도자가 우리에게 해준 이야기가 떠올랐다. 이 이야기를 통해 그는 집단의 대표에 대한 절대복종을 부추기고 강조하고자 했다. 당시 현장에 있던 젊은이 다섯 중 세 사람이 아프리카인이었기에 다들 이 이야기의 이국적인 특징을 개별적으로 받아들일 수밖에 없었다. 이야기를 요약하자면 다음과 같다. 한 타블리그 형제단이 사하라 남쪽 아프리카 벽지에서 '하느님의 오솔길로 나가' 있었다. 그러던 어느 날, 주변에 사원이나 마을이 전혀 보이지 않아서 야외에서 잠을 자야 했다. 그때 그들은 하루 종일 빈속으로 먼 길을 이동한 상태였다. 그러다가 숲속의 너른 공터에서 잠든 새끼 코끼리들을 발견하자 일행 중 한 명이 그 코끼리들을 저녁 식사로 삼자고 제안했다. 오직 에미르만이 인내심을 보이며 이튿날 다른 해결책이 나타날 것이라고 동료들을 설득하고 나섰다. 하지만 동료들은 그의 말을 듣지 않았고, 에미르 혼자 허기를 견뎌야 했다. 결국 한밤중에 성난 어미 코끼리가 나타나 일행을 깨웠고 에미르를 제외한 모든 사람을 짓밟아 죽였다. 나는 이 이야기를 타블리그의 일환으로 들었고, 타블리그 운동은 이를 이데올로기 도구로 사용했다. 이것을 능숙하게 활용해 무슬림의 첫 번째 신앙 행위, 즉 초월자에 대한 '순종'을 이끌어내고자 했다. 하지만 어느 날 나는 수피교 단편집을 열심히 읽다가 이와 토씨 하나 다르지 않은 이야기를 발견했고, 그들에게 '복종'이 필요한 근본적인 이유가 그릇되었음을 깨달았다. 수피교를 통해 이 가치의 진정한 본질을 파악할 수 있었다. 여기서는 자신을 자유롭게 만드는 데 '순종'해야 하고, 자신 안에 갇혀 있으면 자유로울 수 없기 때문이다. 진정한 겸손은 분별력, 이해력, 결단력을 아우른다. 영적 지도자는 사상적 지도자나 달변가가 아니라 당신의 영적인 성장을 돕는 사람이다. 파우지 스칼리는 자신과 지도자가 유지한 관계를 본보기 삼아 나를 그런 진심 어린 관계로 이끌었다.

뇌오프에서 보낸 어린 시절부터 나는 학교에서든 거리에서든 항상 리더 역할을 맡았다. 남을 좌우하면서 자신은 좌우되지 않는 독립적인 주동자였다. 하지만 이렇게 거만한 모습은 사라져갔다. 내가 남들보다 우월하다고 여기던 시기에 독서를 하거나 유일한 가능성이라고 믿은 이슬람교를 (그것이 이슬람교 자체라는 확신이 설 때까지) 해석하면서 자아를 찾는 데 여념이 없었음을 깨달았다. 사실 전도사는 범죄자와 다를 게 없었다. 나는 자아 깊은 곳에서 나를 초월하는 무엇인가를 피하려고 애쓰면서 겉으로만 발버둥쳤다. 항상 내가 남들보다 똑똑하다고 믿었고 그걸 자랑스럽게 여겼다. 이렇게 내 안에서 엄청난 무지가 싹트기 시작했었다.

파우지가 말을 이어나갔다. "인간이 평범한 인생을 산다는 건 아랍어로 피트라fitra라고 하는 능동적인 기질이 결여됐음을 의미합니다. 평범한 인생을 살면 외부에서 강요한 가치 표현이라고 할 수 있는 사회적 가면을 쓰게 됩니다. 코란에 따르면 인간은 원시적이고 순수한 기질에 따라 자발적으로 신의 율법에 따른 다음 자신의 내적 규범에 따르게 됩니다. 인간은 자신의 본질적 자아에 순응하고 자극을 받아 행동하기에 피트라 상태에서도 자신에게 부여된 진리에 자발적으로 순응하면서 행동합니다. 하지만 인간이 피트라를 잃으면 자아의 원동력은 자신 안에서 사라지고 타인이 강요한 의견과 규범으로 바뀌게 됩니다. 이런 인간은 타인의 '시선'에 의존합니다. 이제 막 입문한 신자는 신의 '시선'을 점진적으로 자각해야 합니다. 신의 시선은 인간의 시선을 초월하고, 사회적 역할 너머에 있는 인간의 정신생활을 지향합니다. 하디스에 이런 말이 있습니다. '알라는 너희의 모습과 행동을 지켜보지 않는다. 네 마음에 있는 것을 지켜본다.' 오로지 타인에게 기대한 결과를 위해서가 아니라 자신의 진짜 기질에 따라, 즉 하느님을 위해 행동하는 한 인간은 내적으로 일신교를 믿게 됩니다. 그리고 하느님의 '시선'에 다른 인간들의 시선을 결합하고자 하는 숨겨진 다신교로부터 멀어집니다."

일신교를 이렇게 멋지게 정의하다니! 그렇게 엄격함과 자유를 결합할 수 있다는 데 기쁠 수밖에 없었다! 그때까지만 해도 나는 겉으로만 무슬림이었지 속으로는 명예, 이성, 돈, 공포의 우상 앞에 계속 머리를 조아리기만 했다. 그날 밤 우리 집에서 멀리 떨어진 그곳에서 스스로에게 눈을 떴다. 나는 몽유병자처럼 방 안으로 들어갔고, 그 이야기의 속삭임은 내게 자각이 될 수 있는 것이 무엇인지 짐작케 했다. 단순히 자아만 염두에 두자 집단 주택지의 평판이나 이미지에 대한 질문, 사원의 할랄과 하람에 대한 질문, 심지어 천국과 지옥도 아무런 의미가 없었다.

———

내 시선이 '스트라스부르—15킬로미터'라고 적힌 표지판에 닿았을 때 어쨌든 티자니야 자우이아에는 가지 못했음을 깨달았다. 그리고 나무들과 이따금 나타나는 자동차들로 구성된 야간 행렬을 멍하니 보며 우리가 파우지 스칼리의 방에서 나눴던 논의를 되새겼다. 결국 '사랑이란 무엇이냐'는 내 물음에 파우지 스칼리는 잘랄 앗딘 루미를 예로 들었다. 잘랄 앗딘 루미는 원형 춤을 추는 데르비시로 유명한 마울라위야 평신도회의 창립자였다. "사랑은 불꽃과 같습니다. 제자의 마음속으로 들어가 모든 것을 태웁니다. 남는 것은 하느님뿐입니다." 그러더니 파우지 스칼리는 자신의 지도자가 남긴 말을 다시 언급했다. "사랑은 인간이 하는 최고의 행위입니다." 파우지 스칼리에게 사랑이란 이슬람교의 구도求道이자 진정한 종교를 지탱하는 중심축이었다. 그리고 인간의 경험 가운데 사랑이 가장 정신적인 요소라고 간주하고 이를 경험하는 자만이 사랑을 안다고 생각했다. 구도는 모두 하느님의 사랑을 경험하는 것이었기 때문이다. 나의 부탁에 따라 파우지 스칼리는 다른 질문이 생겼을 때 연락할 수 있도록 주소를 알려줬다. 논의할 때 그가 잠시 언급했던 것처럼 그 역시 수년 전부터 구도의 길을 가고 있었다. 이 점에 대해 나는 그가 더 많은 이야기를 해주길 바랐다. 개인적으로 이 질문만은 꼭 하고 싶었기 때문이다. '당신이 속한 길에 들어가려면 무엇을 해야 하나요?' 하지만 그럴 용기가 없었다. 너무 성급하게 요구하면 내가 가진 신망을 자동적으로 잃을 듯했다.

———

우리가 오고 몇 주가 지났을 때 마지드와 그의 가족이 시리아에서 돌아왔다. 마지드가 갖고 있던 회의는 여행을 다녀오면서 모두 풀렸고, 마지드는 이듬해 다마스쿠스로 떠나기로 결심했다. 그로부터 일년 뒤, 마지드는 자신의 계획을 실행에 옮겼다. 마지드 가족이 루아시 파리 북동쪽에 위치한 샤를드골 공항의 다른 명칭의 탑승자 대기실로 향하는 에스컬레이터를 타고 모습을 감췄을 때, 나는 과연 프랑스에 남는 게 좋을지 자문했다.

이후 몇 달 동안 여러 사건이 빠른 속도로 일어났다. 거의 빈털터리 신세가 된 우리는 새 앨범만 내면 분명히 궁지에서 벗어날 수 있을 것처럼 보였다. 하지만 BMG와 함께 《이 세상 마지막 순간》을 제작했던 우리 회사는 나디르가 또다시 감옥에 가면서 경영상 혼란에 빠졌다. 경험이 부족한 나 혼자 모든 걸 책임져야 했다. 실질적인 재정적 원조를 미리 받으려면 NAP와 우리 제작사를 분리시키고, BMG와 직접 계약해야 했다. 서면상 간단하게 보였지만 알고 보니 꽤 복잡한 일이었고 나를 지치게 했다.

우리는 지난한 협상과정을 거친 후 며칠 동안 스튜디오 작업을 거쳐 데모를 만들었다. 그러고 나서야 BMG는 우리와 '사인할 것'을 받아들였다. 하지만 예술적 고민은 계속 시작 단계에만 머물러 있었다. 그전까지 우리는 직접 제작자로 나섰기에 그 누구에게도 보고할 필요가 없는 호사를 누렸다. 하지만 이제 BMG 소속 아티스트가 되었고, 더 이상 마음대로 일할 수 없었다. 새로운 작품을 만들 때마다 아티스트 디렉터의 의견을 따른 뒤 사장의 승인을 받아야 했다. 당시 동료들과 나는 약 2년 전에 모로코에서 돌아왔음에도 영적 탐색을 잊고 지냈다는 걱정을 하며 괴로워하고 있었다. 그래서 앨범 《우리 내면에서À l'intérieur de nous》를 믹싱하기 위해 우리 음악을 거의 전부 프로듀스했던 술리와 뉴욕에 가야했을 때는 제정신이 아니었다.

나는 비행기를 타면 항상 야릇한 뭔가를 느낀다. 위베르가 비행기에서 죽었기 때문이다. 좀처럼 그 사실을 이겨내지 못했지만, 고통은 시간이 흐르면서 자연스럽게 사라졌다. 뉴욕에 도착하고 나흘 후, 우리는 스튜디오에 있었다. 환한 미소와 함께 녹음 콘솔 뒤에 붙어 있던 프린스 찰스 알렉산더는 흘러나오는 음악의 리듬과 베이스에 맞춰 머리와 고개, 어깨를 흔들어댔다. 그리고 미소를 띠며 영어로 이렇게 말했다. "너네 미쳤어. 프랑스 사람들은 이걸 절대 이해 못 할 거야!" 미국의 사운드 엔지니어들 사이에서 프린스 찰스는 스타였다. 그는 1980년대에 피펑크P.Funk(그로부터 10년 전 펑카델릭, 팔리아먼트와 같은 그룹과 조지 클린턴, 부시 콜린스와 같은 아티스트를 통해 유명해진, 풍부한 베이스와 신디사이저를 활용한 사이키델릭 펑크 장르) 그룹에서 활동한 뒤 최고의 흑인음악 엔지니어가 되었다. 디디Diddy(퍼프 대디Puff Daddy), 메리 제이 블라이즈Mary J. Blige, 노토리어스 비아이지Notorious BIG와 같은 아티스트들은 물론 프랑스의 IAM 같은 그룹까지 성공으로 이끈 그는 두 가지 이유를 들며 우리 앨범 작업에 참여하기로 했다. 이미 자신과 함께 작업한 적이 있는 술리의 재능을 높이 평가했을 뿐만 아니라 우리 앨범을 '엄청나다!'고 생각했기 때문이다. 그날 술리가 BETBlack Entertainment Television에서 나오는 뮤직비디오를 실컷 보게 놔두고 나는 걸어서 다시 호텔로 돌아왔다. 바삐 오가는 어마어

마한 군중, 한없이 높은 빌딩, 노란 택시, 그리고 소음까지 우리가 텔레비전을 통해 익힌 도시의 모든 요소가 불쾌한 소외감을 일으켰다. 이 도시가 나를 짓누르고 내버린 듯했다. 호텔의 라틴계 문지기 역시 내가 오는 것을 보고도 전혀 신경 쓰지 않았다. 나를 뒤따라 온 이들의 무거운 여행 가방들이 상당한 팁을 보장할 거라는 생각에 이미 사로잡혀 있었기 때문이다. 호텔에서 조금이라도 하늘을 보길 기대하며 창문 가까이 갔지만 보이는 거라곤 맨 벽뿐이었다. 뉴욕 생활의 세세한 면면은 나를 불안하게 만들었다. 그리고 내게 일어나는 일들을 아무것도 이해할 수 없었다.

이런 불안은 점점 더 커졌다. 스튜디오에서는 더 이상 음악도, 술리나 프린스 찰스가 내게 한 이야기도, 하물며 프랑스에서 막 도착한 아티스트 디렉터의 말도, 아무것도 들리지 않았다. 모두가 자신이 살아 있음을 느끼기 위해 일을 하는 하나의 대기업 같은 이 도시에서 내가 아무것도 하지 않는 유일한 사람이라는 느낌을 받았다. 고통스러웠다. 그러던 어느 날 밤 소스라치며 잠에서 깼을 때, 놀랍게도 베개가 눈물에 젖어 있었다. 그래서 파우지 스칼리에게 구조의 신호처럼 장문의 편지를 쓰기로 마음먹었다.

나는 파우지 스칼리에게 그의 영적 지도자를 만나게 해달라고 부탁했다. 페스에서의 잊지 못할 그날 저녁, 파우지 스칼리는 그 지도자에 대한 이야기를 전혀 하지 않았지만 그 사람의 모든 이야기와 행동은 우리에게 스며들어 있었다. 나는 그 지도자가 '하느님을 위해 내 손을 잡아주길' 바랐다. 티에로 돌아온 후 아침마다 들뜬 마음으로 우편물을 확인하러 내려갔지만 항상 빈손으로 올라와야만 했다. 내가 표현을 제대로 하지 못했던 걸까? 결국 내가 미래의 제자상과 거리가 멀었던 걸까? 그냥 단순히 틀린 주소로 편지를 보낸 걸까? 아니면 종종 그런 것처럼 미국 우체국에서 그 우편물을 분실한 걸까? 내가 편지를 다시 써야 할까? 맞을까? 아닐까? 이런 근심에 사로잡혀 있었다. 그러던 어느 날 저녁, 내가 없는 사이에 파브리스라는 사람이 파우지 스칼리의 요청으로 전화를 걸었다고 나우알이 전했다. 나는 어떻게 반응해야 할지 도무지 감이 오지 않았다. 물론 우편물이 무사히 도착했음을 확인했기에 기쁘기는 했다. 하지만 파브리스는 누구고, 이 중개는 왜 이뤄진 것일까?

이튿날 약속 장소인 몽파르나스의 한 피자 가게에서 그 사람을 만났다. 그는 아주 평범한 백인이었고 딱 봐도 30대인 관공서 간부처럼 생겼다. 그 사람은 전날 전화를 걸었던 사람은 자기가 아니라며 좀더 길게 자신을 소개했다. 그의 이슬람교식 이름은 이드리스였고, 그는 파우지 스칼리가 속한 타리카의 파리 분파의 모카뎀<sup>moqaddem</sup>(책임자)이었다. 그 평신도회의 정확한 이름은 알카디리야 알부치치야 타리카였다. 유명한 물레이<sup>mawlay</sup>인 압드 알카디르 알질라니의 14대 후손으로, 모로코에 거주한 시디 함자 알카디리 알부치치가 1972년부터 그곳에서 영적 지도자로 있었다. 이어서 이드리스는 일련의 질문들을 쏟아냈고, 나는 답변을 통해 나의 모든 이야기를 들려줬다.

이야기를 모두 들은 이드리스는 거기에 만족하는 듯했고, 이번엔 자신의 인생 역정을 내게 들려줬다. 그의 이야기는 나의 것과 완전히 달랐지만 마찬가지로 평범하진 않았다. 좋은 집안에서 태어나 파리 16구에서 성장한 이드리스는 양질의 교육을 받으면서 신앙에 큰 관심을 가졌다. 신앙을 탐구하는 과정에서 경험한 숱한 우여곡절과 방황은 그를 프리메이슨으로 이끌었고, 이를 통해 그는 수피교의 길을 발견하고 이슬람교를 품었다. 마지막에 이드리스는 자기들이 주관하는 모임에 참여하라고 내게 권했다. 그러면서 '내가 원할 경우'라는 전제를 덧붙였다. 이 마지막 전언이 단순한 설득 수단은 아닌지, 무엇보다도 내가 그걸 바라고 있는지 아닌지 고민이 필요했다. 하지만 나는 더할 나위 없는 행복에 취한 나머지 지하철에서 눈을 마주친 모든 사람에게 웃으며 인사를 건넸다. 그러면서 위대한 루미의 시를 떠올렸다.

너는 마음의 은신처에 도착했다. 여기서 멈추라.

너는 그 달을 봤으니, 여기서 멈추라.

너는 너도 모르게 사방으로

네 누더기를 그렇게 끌고 다녔다. 여기서 멈추라.

인생은 흘러갔고, 그 달 덕에

넌 많은 이야기를 들었다. 여기서 멈추라.

그 아름다움을 보라, 너를 보이지 않거나 보이게 만드는

그것이 바로 그의 환영이기 때문이다. 여기서 멈추라.

내 가슴에 흐르는 젖은 네가 그의 가슴에서 마신 것이다. 여기서 멈추라.

50대 정도 돼 보이는 한 흑인이 내게 웃으며 문을 열어줬다. 그리고 내게 인사를 하고는 몸을 씻을 수 있는 욕실을 알려줬다. 아파트에 들어오자마자 떠들썩한 소리가 들렸다. 그 흑인이 신발을 벗고 앞장서서 유리가 끼워진 문을 열었을 때, 그 소리는 순식간에 아랍어로 바뀌었다. "하느님 외에 다른 신은 없다." 나이와 피부색을 불문한 10여 명의 사람이 삥 둘러앉아 큰 목소리로 이슬람 신앙 고백을 반복하고 있었다. 나는 사지가 떨렸고, 심장은 더 빠르게 뛰었다. 예언자가 말한 하디스 글을 요약하자면, 하느님에게 기도를 하기 위해 여러 사람이 모이면 천사들이 자신들의 날개로 그 집단을 땅끝부터 하늘까지 에워싼다고 한다. 예로부터 내려오는 이 말을 잘 알고는 있었지만, 여태껏 여러 모임에 참여하면서 코란을 읽고 하느님을 향해 기도해도 그 원 안에 자리잡고 있다는 느낌을 받아본 적은 없었다. 그런데 이건 '정말' 원이었다. 나는 실제로 자리한 인원보다 더 많은 사람이 방 안에 있을 것이라고 굳게 믿었다. 그런 도취를 경험한 건 그때가 처음이었다.

———

그로부터 6개월 뒤, 나는 정식으로 알카디리야 알부치치야 평신도회 신도가 되었고 다시 모로코로 향했다. 출국 전 어느 저녁, 나우알이 (본인이 모로코 사람이라 호기심으로) 내게 물었다. 내가 시디 함자를 아직 직접 만나지 않은 상태에서 제자가 되었는데, 그 지도자가 어느 지역에 사는지 아느냐는 것이었다. 나는 짐작조차 할 수 없어서 따로 알아본 다음에 나우알에게 답을 전했다. 우지다 지역의 마다그라는 작은 마을에 위치한 자우이야 본원에 평신도회의 영적 지도자가 살고 있었다. 그곳은 알제리 국경과 근접한 모로코 동쪽에 있었다. 이 답을 들은 나우알은 어안이 벙벙한 얼굴이었다. 알고 보니 나우알의 가족이 그 어떤 지도에도 나오지 않는, 정말 작은 이 마을 출신이었던 것이다! 여기서 나는 긍정적인 징후를 발견했다. 나중에 시디 함자가 이 말을 반복하는 습관이 있음을 알게 되었다. "길을 향해 가는 것이 우리라고 생각하곤 합니다. 하지만 실제로는 길이 우리에게 오는 것입니다!" 비행기를 탄 사람은 나였지만, 나도 모르는 사이에 나를 향해 온 사람은 바로 그였다.

내가 자주 다니는 사원들에서 사용되는 은어 중에 '아무개가 누르 nour를 가지고 있다'라는 표현이 있다. 얼굴에서 빛이 난다는 뜻이었지만 안색이 좋다고 말하기 위한 은어로 쓰일 때가 많았다. 단칸방에서 우리를 맞이한 시디 함자는 흰옷을 입고 멋진 새하얀 수염을 기르고 있었다. 그의 피부도 하얗게 보였다. 그런 그를 봤을 때 '누르를 가지고 있다'는 표현이 말하고자 하는 바를 처음으로 깨달았다. 그리고 시디 함자의 시선과 나의 시선이 마주친 순간 무한한 사랑을 느꼈다. 그의 특별한 미소가 그 사랑을 더욱 아름답게 만들었다. 그가 80세라는 걸 몰랐다면 그의 나이를 예측하기가 어려웠을 것이다. 그의 목소리는 당당하면서도 부드러웠다. 그가 쓴 안경은 또렷하고 반짝이는, 믿을 수 없을 만큼 젊은 그의 눈빛을 가리기엔 역부족이었다.

시디 함자는 우리 모두에게 아랍어로 환영 인사를 전했다. 그와 가까이 앉은 한 사람이 번역을 맡았다. 방 안은 발 디딜 틈이 없었다. 내 주위의 사람들을 살펴보니 흑인, 백인, 아랍인, 심지어 아시아인까지 나이를 불문하고 모여 있었다. 코란의 말을 요약하자면, 사람들의 만남에서 다양한 문화가 공존한다는 것은 풍요로움을 의미한다. 하지만 이런 보편주의를 구현하는 무슬림은 파우지 스칼리를 제외하고 거의 본 적이 없었다.

시디 함자가 말했다. "대예언자(PSL)가 살던 시기에는 교우들 사이의 관계, 그것을 지배하는 유대감, 그들 사이에서 모든 걸 공유하는 행위, 남에게 선택권을 양보하는 태도, 그런 희생정신, 이 모든 게 사랑에 바탕을 두고 있었습니다. 이와 마찬가지로 하느님의 인간들도 각자의 마음속에 이런 사랑의 샘을 갖고 있습니다. 그 샘물을 마시는 자는 그것을 잊지 못합니다. 그가 얻은 음료는 모든 갈증을 사라지게 합니다. 마음들은 서로 조화를 이루고, 정신들은 서로 가까워집니다. 이것이 바로 하느님이 가진 절대적인 힘입니다!"

매년 라일라트 알 까드르(운명의 밤)를 축하하기 위해 세계 전역(블랙 아프리카, 마그레브, 유럽, 미국, 아시아, 중동)에서 각양각색의 출신 배경을 가진 2만여 명의 사람들이 마다그의 자우이야를 찾았다. 그럴 때면 인류가 가진 모든 색채가 그곳에 펼쳐졌다. 장관이었다. 이후 자우이야의 하루하루는 기도와 기원, 웃음소리와 함께 지나갔다. 나는 마치 자신을 덜어낸 것처럼 가벼움을 느꼈다. 눈먼 상태로 지내다가 뭔가가 보이는 기분이 들었다. 이제 맛있는 과일을 와작와작 씹듯이 이슬람교를 만끽할 수 있었다.

———

우리는 BMG를 상대로 온갖 외교술을 펼쳤지만 앨범을 내는 데 실패했다. 이를 계기로 나는 랩에 관한 개인적인 입장을 명확히 했다. 내가 이 음악 장르에서 쌓은 경력을 그대로 인정하는 동시에 자유를 느꼈고, 나의 약속을 더 넓게 바라볼 수 있었다. 나는 더 이상 래퍼가 아니라, 무엇보다 압드 알 말리크였기 때문이다. 내 활동이 스스로를 숨기는 가면이 되지 않길 바랐다. 활동을 접는 게 아니라 단지 활동을 제자리로 돌려놓겠다는 뜻이었다. 그사이에 나우알은 자신의 첫 앨범을 준비했다. 수록곡들은 나우알을 제대로 드러내고 있었다. 그리고 나는 무직인 상황을 이용해 아들을 돌보고, 영적 지도자가 사는 후미진 마을과 파리를 오가며 신앙생활에 열을 올렸다. 하지만 모로코 벽지에서도 음악에 대한 생각을 멈출 수는 없었다. 계속 여행하는 것은 하나의 회피 방식이 분명했다. 결국 나는 머릿속에서 랩을 쫓아내지 못했고, 생각보다 랩이 내게 중요함을 인정하게 되었다.

그로부터 얼마 전, 라마단의 마지막 주를 맞아 떠난 여행 중에 난 파비앵(이슬람 이름은 바드르)과 좀더 막역한 사이가 되었다. 파비앵은 나와 같은 평신도회의 신자였고, 프랑스 남부에서 디크르 중에 나와 마주친 적이 있다. 비교적 미소년처럼 보였던 이 28세 백인은 꽤 특이한 이력을 갖고 있었다. 교직에 있는 부모 사이에서, 비교적 넉넉한 환경에서 태어난 파비앵은 물리 치료와 접골 치료 일을 하고 있었다. 흑인과 아랍인에게 폭행을 당한 뒤 사춘기 내내 이들에게 병적인 반감을 갖기도 했다. 하지만 영적인 탐색 끝에 이슬람교를 선택했고, 약 1년 전부터 당시까지 셰이크 곁에서 지내고 있었다. 피부색, 사회적 출신, 직업생활 등 모든 면에서 우리 둘은 정반대였다. 본질에 대한 욕구만이 우리를 가깝게 만들었다. 운명의 밤에 진심이 통한 우리는 마치 오래전부터 알고 지낸 것처럼 각자의 생각을 주고받았다. 당시 함께 있던 (그때부터 구도의 길에 접어든) 아이사와 함께 우리는 우리가 만드는 음악에 새로운 자극을 가하기로 결심했다.

내가 랩을 시작한 건 문학에 대한 관심이 높았기 때문이다. 그리고 당시 나의 우상이던 브루클린 출신의 래퍼 빅 대디 케인이 이슬람교를 믿었기에 이슬람교와 가까워졌다. 1988년에 나온 그의 첫 앨범 《케인 만세Long Live The Kane》만큼 내게 깊은 영향을 미친 음반은 없었다. 이 앨범에는 거친 빈민가 생활, 시, 질서 파괴, 과시, 신앙생활이 한데 어우러져 있었다. 이 명반을 통해 모든 래퍼가 자신의 음악적 접근 방식을 재고했다. 1994년 우리 첫 번째 음반인 맥시 싱글 〈너무 좋아서 믿기지 않아Trop beau Pour être vrai〉가 나왔을 때, 랩이 죽었다고 생각하는 것은 우리한테 말도 안 되는 일이었다. 그런데 바로 그해 뉴욕 출신의 래퍼 나스가 기막히게 멋진 그의 첫 앨범에서 그런 주장을 펼쳤다. "왠지 랩 게임은 마약 게임을 떠올리게 해." 그러니까 랩 비즈니스가 비정한 마약 시장과 비슷해졌다는 얘기였다. 대중이 원하는 마약을 가능하면 최대한 많이 잘라서 나누어주는 데 만족했기 때문이다. 의식적인 면모를 통해 하위문화에서 유지된 한결같은 이미지에도 불구하고 프랑스 랩은 이미 더할 나위 없는 대중 산업으로 변해 있었다. 하지만 나는 우리 팀이 우스운 놈들로 가득하긴 해도 우리보다 더 진실하거나 순수한 래퍼는 없다고 확신했다. 우리만이 빈민가를 이야기하고, 프랑스 전체로 하여금 집단 주택지로 시선을 돌리게 할 자격이 있었다. 최대한 많은 사람의 마음을 사로잡을 수 있는 진정성으로 이 모든 걸 포장하면 충분했다. 그런 면에서 빅 대디 케인은 완벽한 패키지였다.

2년 뒤 우리가 《하층민, 음반을 내다》를 발표했을 때, 여기저기서 찬사를 받을 거라고 기대했다. 이미 우리와 관련된 이모저모를 파악하거나, 우리 음악에서 분명히 드러나거나 감춰진 주제들에 대해 질문을 던지는 기자들이 있었다. 그래서 나는 운동화와 모자 뒤에 감춰진 무한한 깊이를 드러내고자 하는 사람처럼 뾰로통하니 빈정거리는 표정을 지어댔다. 내가 다 틀렸다는 평가나 동료들이 우리에게 던진 애증 어린 시선을 내가 제대로 파악하지 못했다는 걸 알고 싶진 않다. 우리에게서 파리 스타일을 느꼈다는 얘기는 더더욱 듣고 싶지 않았다. 비록 앨범이 상업적으로 성공하면서 우리는 명성을 얻었지만 실패는 이미 정해져 있었다. 외설, 폭력, 경쟁, 거짓의 병폐로 랩은 너무 심하게 훼손되어 있었기 때문이다.

우리는 스트라스부르의 저가 임대 아파트 단지에서 탄생한 주변적인 그룹으로서 주변적인 음악을 했다. 그래서 파리에서 우리 앨범을 이야기하고 좋은 평가를 받는 데 만족해야 했다. 이렇게 실망스러운 흐름은 다음에 나온 두 장의 앨범에서도 반복되었다. 우리 이야기는 산업 체계를 통해 전달되었지만 아무에게도 말을 걸지 않았다. 우리가 그때까지 항상 자신에게 만족하지 못하고 스스로 가장 순수하고 심오함을 증명하려고 애썼다는 걸 나는 운명의 밤이 돼서야 깨달았다. 우리 가사는 정교했지만, 진정성에 대한 요구가 접근 방식을 왜곡했던 셈이다. 그래서 나는 온전히 예술적인 실천으로서 랩을 하기로 결심했다. 나의 노랫말을 남들에게 보이기 전에 그것과 호흡하기로 결심했다. 인생과 마찬가지로 음악에서도 당시의 마음가짐이나 상황을 왜곡하지 않기, 그리고 마음속 언어를 그대로 표현하기. 이것이 첫 번째 솔로 앨범을 위해 내가 취하기로 한 작업 방식이었다.

# 5장

# 타인을 향한 길에서

내 이웃의 종교가 내 종교와 비슷하지 않으면

그 사람을 비난한 적도 있었어

하지만 지금 내 마음은 모든 형태를 받아들이지

그건 가젤들을 위한 초원이요

수도사들을 위한 수도원

우상들을 위한 신전

순례자를 위한 카바<sup>Kaaba</sup>

토라 서판과 코란 책

난 사랑의 종교와 모든 걸 따르지

사랑의 전령이 이끄는 방향, 이 종교가 내 종교이고 내 신앙이야


영적으로 충만하던 어느 날 저녁, 모로코의 자우이아에서 파비앵과 나는 〈사랑의 송가<sup>Ode à l'Amour</sup>〉를 썼다. 이븐 아라비가 남긴 몇몇 시구를 발전시켜서 음악에 넣기로 결심한 것이 계기가 되었다. '가장 위대한 지도자'라 불린 사람이 강조한 보편적이고 무한한 사랑이 자아의 모공 하나하나에 파고들었다. 나는 그것을 내 것으로 만들고, 말하고, 전달하고, 공유하고 싶었다. 이후 파리에 돌아왔을 때 라디오에서 한 문화 프로그램을 들었다. 이스라엘인 아랍 성직자인 에밀 슈

파니라는 사람이 연민을 호소하면서 유대교인과 무슬림을 향해 함께 아우슈비츠에 가서 추모하는 시간을 갖자고 제안하고 있었다. 나는 이때 생긴 감정을 나우알과 공유했고, 그 메시지에 그도 감탄했다. 나우알은 평화를 바라는 사람이라면 모두 그런 손길을 잡아 현재의 혼란에서 벗어나야 하고, 유대인이나 아랍인, 유대교인이나 무슬림이 아닌 그저 인간으로서 자신을 드러내야 한다고 말했다. 이스라엘인이나 팔레스타인인만이 아니라 그리고 프랑스의 유대인이나 아랍인만이 아니라, 인간이 자신과 화해하기 위한 초석을 놓기 위해 누군가 그렇게 나아가고 있었다.

얼마 지나지 않아서 친구 라시드 뱅진까지 그 여행을 권했고, 결국 그곳으로 떠나는 건 나에게 절대적인 의무가 되었다. 자기 형제의 아픔을 곁에서 나누는 것보다 더 구체적인 사랑의 증거가 어디 있겠는가? 상황이 주는 긴장감 탓에 상대방이 가진 유대인적 특성과 내가 믿는 이슬람교가 우리 사이를 떨어뜨릴 게 뻔할 때는 오죽할까? 고통을 나누는 것이란 언젠가 함께 즐거워하기 위해, 함께 새로운 세상을 만들기 위해, 한마디로 말하자면 살기 위해 자신의 생각을 유연하게 만드는 것이다. 우리 여행은 생존자와 역사학자들, 그리고 통찰력 있는 그 에밀 신부와 함께 사흘 동안 진행될 예정이었다. 여행을 준비하기 위한 세미나에 도착한 나는 지난 여정에서 얼굴을 익혔던 수많은 친구를 발견하고 기뻐하지 않을 수 없었다. 특히 프랑스 이슬람 청년회 옆에 있던 보르도 이맘 타레끄 우브루는 내가 정말 존경하는 사람이었다. 스트라스부르에서 만났던 셰이크 방투네와 파우지 스칼리는 우리와 영적으로 함께했다. 나사렛 주임 신부의 요청으로 두 사람이 지지자 명단에 이름을 올렸기 때문이다. 그 명단에서 나의 영적인 성장을 이끈 저명인사들을 발견했다. 그들은 내가 이슬람교를 믿으면서 위기에 처할 때마다 절망하지 않도록 나를 도왔다. 그러다가 내가 이렇게 스스로 활동 방향을 정하면서 그들을 다시 교차로에서 만났던 것이다. 이로써 나는 사랑과 개방의 수단으로 이슬람교를 믿는 사람들에게 지금의 활동 방향은 자연스러운 것임을 확인했다. 공동체에 연루된 다른 여러 무슬림도 우리 유대교인 형제들과 어울리고 있었다. 이 광경 속에 들어찬 믿을 수 없는 조짐이 기뻤다.

비행기는 두 시간 늦게 크라쿠프에 도착했다. 햇볕이 내리쬔 크라쿠프의 모습은 스트라스부르를 연상시켰다. 우리 일행은 500명이었고 이스라엘, 프랑스, 벨기에 출신으로 구성돼 있었다. 관광 버스 12대 중 한 대에 올라타면서 나는 마지드와 함께 처음으로 버스를 타고 사원에 갔던 날을 떠올렸다. 우리가 길을 잃고 루바비치정통파 유대교인하시디즘의 주요 분파 유대인에게 말을 걸어 침묵을 깼던 기억이 났다. 그렇다, 정말이다. 내가 이슬람 사원으로 가는 길을 처음 물어본 대상이 바로 유대교인이었다!

그때까지 유대교는 내가 관심을 갖기에 거리가 꽤 먼 현실이자 문화였다. 지금까지도 음악 업계에서 만난 사람들이나 아주 친하게 지내는 몇몇 사람을 제외하면 유대교인에 대해 거의 아는 게 없다. 물론 일부 사원에서 유대교인을 배척하는 이야기가 오가는 걸 들은 적도 있었다. 하지만 내가 일상적으로 듣던 반터키, 반아시아, 반흑인 발언과 같은 인간의 어리석은 표현들과 비교했을 때 유대교인은 거의 관심 밖이었다. 프리모 레비의 책을 읽을 기회도 있었는데, 이상하게 내 머리로는 홀로코스트의 절대적인 공포와 소싯적 친구들의 집에서 접하던 반유대주의적 언어 사이에 아무런 연관성도 찾지 못했다. 하지만 파리에서 열린 세미나를 통해 겉으로는 꽤 평범하지만 실제로는 치명적인 이데올로기를 전달하는 행동과 언어에서 한 민족의 전멸이 비롯된다는 것을 깨달았다. 시디 함자의 진행으로 시작된 영적 논의를 계기로 그 이후에는 '사람'만이 보였을 뿐, 흑인, 아랍인, 유대인이라는 명칭으로 생각하는 것이 불가능해졌다. 우리 지도자는 인간의 존재란 각자 시르sirr, 즉 '영적인 신비'를 갖고 있고 그 안에서 고귀해진다고 말했다. 홀로코스트는 산업의 발전과 살인 공장의 근대성이 야기한 최악의 집단 학살이다. 제아무리 인류의 일부에만 상처를 입혔다 해도 만인에게 동일한 수준으로 두루 연관돼 있는 게 사실이다.

우리는 과거에 유대인이 거주하던 곳을 둘러봤다. 그 구역의 마지막 지점에 이스라엘 대표단이 꽃다발을 두고 나갔다. 그렇게 유대인 거주지의 흔적을 확인한 뒤 우리는 그 유명한 신들러 공장을 방문했다. 그곳에서 나와 (마침 시리아에서 돌아온) 마지드와 (이 여행에 무관심하던) 모하메드는 다시 팔레스타인 대표단을 만나 아랍어로 열렬히 인사를 주고받았다. 마지드는 이제 완벽히 통달한 아랍어로 대표단과 잠시 이야기를 나누었다. 나는 아무것도 이해하지 못한 채 그들의 이야기를 듣고 있었지만, 그들이 평화에 대한 채우지 못할 욕구를 느껴 이곳에 왔다는 건 알 수 있었다. 다음으로 우리는 한때 나치가 마구간으로 썼지만 지금은 멋지게 개보수된 대형 유대교회당으로 들어갔다. 제대로 키파유대교인이 쓰는 둥근 모자를 쓰고 유대교회당에 발을 들이는 것은 이때가 처음이었다. 나는 이슬람 사원에 들어갈 때와 같은 평온함을 느꼈다. 놀랍게도 건물 내부의 양식은 이슬람 사원과 비슷했고 기독교 교회나 프로테스탄트 교회도 연상시켰다. 나는 뒷벽에 유리가 끼워진 벽감을 보고 비행기에서 친구가 된 나단과 가브리엘에게 그 의미를 물었다. 그 벽감이 동방의 예루살렘 방향을 가리킨다는 설명을 듣고 놀라지 않을 수 없었다. 이슬람 사원에서 이와 비슷한 벽감이 메카 방향을 가리키는 것과 같았기 때문이다! 유대인 묘지를 방문했을 때도 우리 두 종교 사이에 나타난 상징적인 일치에 대해 계속 생각했다. 그리고 호텔에 돌아와서는 가톨릭 신부와 이맘과 랍비가 유대교회당에서 서로 손을 잡고 기념비 앞에서 한목소리로 평화를 호소하는 모습을 다시 떠올리며 기쁨에 겨워 거의 울 뻔했다.

　새벽에 일어나 기도와 아침 식사만 한 뒤 우리는 버스를 타고 크라쿠프에서 도로로 한 시간 거리에 있는 비르케나우로 향했다. 그곳은 아우슈비츠 단지에 들어선 강제 수용소였다. 현장에서 한 부인이 자신이 노예로 일했던 장소를 활기차게 가리켰을 때, 번뜩 양심으로 눈앞이 캄캄해졌다. 부인은 온화하면서도 아주 생기 넘치는 오라를 뿜

냈다. 그 무시무시한 사건을 떠올리는 부인의 모습에서 차분함이 느껴졌다. 부인은 과거를 잊고, 토라의 전언처럼 '인생을 선택하고', 과거로 회귀하지 않은 채 자신의 기억으로 현재를 비옥하게 만들고 있었다. 또 다른 생존자인 슐로모 베네치아는 다른 경험을 갖고 있었지만, 그의 증언 역시 내 안에서 같은 울림을 낳았다. 슐로모 베네치아는 존더코만도에 속해 있었다. 유대인으로 구성된 이 집단은 즉사를 당하지 않기 위해 가스실 '관리'에 전념해야만 했다. 당시 이 광경을 목격한 사람들은 우리 기억이 망각에 따른 어리석음과 공포를 막아낼 수 있도록 계속 말을 전했다. 그들은 신중함과 유대감을 갖고 이야기했다. 무슬림이고 아랍인인 우리에 대해 어떤 판단을 하거나 거리감을 두거나 불신하는 흔적이 조금도 없었다. 본인들이 생전 처음으로 현장에서 무슬림들에게 증언하길 원했다. 우리가 거기에 있었기에 그들도 거기에 있었던 것 같다. 그들의 상처 입은 기억은 공유를 지향한, 살아 있는 기억이었다. 나는 곧 우리가 평신도회에서 수행했던 디크르의 근본적 의미를 떠올렸다. 하느님의 이름으로 기억을 다시 환기시키는 행위인 디크르는 기념하고 회상하는 것인데, 토라에서 자주 나타나는 히브리어 어근 '지크르ZKR'에서도 이 표현을 확인할 수 있었기 때문이다. 우리는 다함께 절대적 잔인함을 되새기면서 사랑의 절박함까지 되새겼다. 그리고 "우리가 사랑을 기억한다면, 사랑도 우리를 기억할 것이다"라는 격언처럼, 이런 공통된 기억은 희망의 징후로 남았다.

6개월이 지나 택시를 타고 뇌오프 입구로 왔을 때, 하늘을 뒤덮고 있던 겨울의 어둠이 집단 주택지에 돌던 소문까지 뒤덮지는 못했다. 가로등의 희미한 빛만 남아서 밤이 집어삼킨 고층 건물의 높이를 가늠하고 있었다. 내가 택시비를 내려고 하자 운전기사는 더 멀리는 못 가겠다며 양해를 구했다. "우리가 손님들을 뇌오프까지 태워가지 못하는 건 절대 두려워서가 아니에요. 행여나 밤에 문제아들이 너무 홍분해서 우리에게 돌 세례를 할까봐 그래요…… 알겠죠? 내가 아랍인들이나 흑인들을 싫어하는 건 절대 아니고…… 내 처제가 과들루프 사람이라고…… 맞아요, 내 차 때문에 그래…… 당신도 이해하겠지만, 내가 이걸로 먹고사니까……" "당연히 이해하죠." 나는 운전기사에게 진심 어린 미소를 지으며 답하고는 내가 너무나 잘 아는 그 구역으로 걸어갔다. 내가 마약을 팔 때 여기 이 작은 교차로에서 호객을 했다. 저기 있는 공중전화 박스들은 내가 나우알과 통화를 하려고 120유닛짜리 카드를 수없이 쓰는 걸 지켜봤을 것이다. 나는 이 정류장에서 14번 버스를 타고 '작업'을 나갔다. 신자들이 개신교 교회의 일부를 차지할 수 있게 되면서 사원은 별관의 역할에 머무르고 있었다. 나의 과거가 이렇게 몇백 미터에 걸쳐 나타났다.

그로부터 몇 주 전, 아우슈비츠 여행 중에 만난 한 소녀가 나를 초대해 그날 저녁 프랑스 유대교 학생 연합이 주최한 반(反)집단주의 회의에 와서 랩을 한 곡 해달라고 부탁했다. 처음으로 유대교인 청중 앞에서 새 앨범의 수록곡을 선보일 거라는 생각에 기분이 묘했지만, 이 행사가 가진 높은 상징적 가치에 기쁨을 느꼈다.

하지만 내가 스트라스부르로 돌아온 이유는 이것만이 아니었다. 여러 해 전부터 빌랄이 아버지와 이메일로 연락을 주고받았는데, 최근에 받은 이메일을 통해 아버지가 바로 오늘 스트라스부르에 온다는 사실을 확인한 것이다! 그래서 내가 루아시에서 아버지를 만나 그의 전처이자 나의 어머니, 그리고 그의 다른 자식들이 머무르고 있던 뇌오프로 데리고 와야 했다. 하지만 불행히도 프랑스 당국이 비자 발급 전에 아버지에게 추가 서류를 요청하는 바람에 아버지의 도착일은 한 달이나 늦춰졌다. 물론 우리는 실망했지만 15년 동안의 별거 끝에 맞이한 이 한 달은 하루처럼 느껴질 수밖에 없었다. 우리에겐 증오도, 원한도 없었다. 우리 시선은 곧 있을 재회에 고정되어 있었다.

나의 열띤 설교의 무대가 되곤 했던 구멍가게 앞을 지날 때였다. 모르는 얼굴들이 그들이 쓴 라코스테 모자챙 밑으로 보였다. 몇 년 전까지만 해도 구역에 사는 모든 주민과 편하게 말을 하면서 친하게 지내던 나였다. 두 어깨 위로 지난 28년의 무게가 느껴졌다. 결국 우리는 죽음, 광기, 감옥으로 인해 초토가 된 세대에서 살아남은 몇 안 되는 선배에 불과했다. 그런데 우리 집 건물로 가는 길에 경찰 호송차와 경찰 표시가 제거된 사프란<sub>1992년부터 2000년까지 르노에서 생산된 고급 승용차</sub>이 한 대씩 보였다. 그 차들의 전형적인 조작법으로 보아하니 운전자는 BAC 요원인 듯했다. 이 구역에선 마약상의 존재감이 컸기에 헤로인이나 마리화나에 관한 기습 작전부터 떠올랐다. 하지만 경찰 용어를 빌리자면, 가택 수색 영장을 발급받기엔 너무 늦은 시각이었다는 것도 알고 있었다.

그런데 갑자기 남동생 스테판이 아파트에서 나와 자기 뒤에 있는 문을 닫자마자 경찰들이 분주히 움직이는 모습이 보였다. 스테판이 또 무엇을 한 거지? 스테판에게 무슨 일이 생긴 걸까? 나는 더 이상 상황을 이해하려고 하지 않고, 어머니의 얼굴만 머릿속에 떠올린 채 건물과 나 사이를 가른 100미터 거리를 질주했다.

# 가 사 집

앨범 《마음과 마음이 마주하다Le face à face des cœurs》 중에서

(아트모스페리크Atmosphériques/유니버설Universal, 2004)

**Que Dieu bénisse la France**

—


J'aime cette terre qui m'a faite

Faut l'dire pas juste contester

S'diviser l'passé l'temps est à l'unité

Mais faut bien qu'j'avoue gamin j'ai voulu changer de tête

Et bien sûr qu'c'est triste d'exclure un enfant d'une fête

Trop longtemps j'ai pris sur moi la rancoeur devient voile

Après on s'dit normal moi aussi j'dois leur faire mal

C'est une sorte de parodie on s'dit y a moi et puis y a l'autre

On s'enferme dans un rôle et l'autre devient d'trop, faux ?

Et je suppose qu'on s'éloigne plus de soi-même

Le non-amour une tragédie j'suis l'premier à demander de l'aide

J'voudrais être sage comme Héraclite, qu'autour ça sente plus la
poudre

On a l'même sang qui coule rouge, qu'importe l'idée, l'principe

Trouve une autre peau éthique, plus positive frère n'oublie pas l'temps
presse

Avant que n'arrive le terme faut bien qu'on s'unisse

Au lieu qu'on s'déchire qu'on s'fasse des batailles

## 프랑스에 하느님의 축복이 깃들기를

—


날 만들어준 이 세상을 사랑해

딴지를 걸려고 얘기를 하려는 게 아니야

과거로부터 갈라져 이제 하나가 될 시간이 왔어

하지만 나 고백할게 어렸을 때 난 머리를 바꾸고 싶었어

어린아이를 축제에 오지 못하게 하는 건 정말 슬픈 일이야

난 아주 오랫동안 참았어 원한은 장막이 되는 거야

자신을 평범하다고 생각하는 사람들한텐 나도 상처를 줘야지

내가 있고 나서 다른 사람이 있다고 생각하는 건 서투른 흉내일 뿐

우리는 자기 역할에 갇혀 있고 다른 사람은 너무 커졌지, 아니야?

그래서 우리는 자신으로부터 멀어진 것 같아

사랑이 없는 건 비극이야 처음으로 도움을 청할게

난 헤라클레이토스처럼 현명해지고 싶어 주변에 온통 화약 냄새가 나니까

빨갛게 흐르는 우리 피는 다 똑같아 생각이나 원칙은 아무 상관없어

다른 피부를 가진 사람에게서 윤리적인 면, 더 긍정적인 면을 찾아봐 형제여 시간

이 없다는 건 잊지 말고

마지막 순간이 오기 전에 우리는 뭉쳐야 해

서로 갈라져서 싸우지 말고

Parce que si déjà on s'sourit ça veut dire qui reste d'l'espoir

Si déjà on s'sourit ça veut dire qu'on peut y croire

Si déjà on s'sourit ça veut dire qu'il y a du savoir

La fin du monde s'est passée à l'intérieur de moi

Après l'apocalypse c'est fou c'est maintenant que je suis moi

C'est l'Amour qu'j'ai pour race plus une couleur comme insigne

Regarde comme je plane sans même fumer de shit

Regarde comme je brave toutes sortes de stéréotypes

J'suis citoyen d'un univers où chacun est son pire ennemi

Si je réussis à vaincre mon propre ego

T'auras devant toi l'vrai moi et plus seulement l'faux

Si t'as des ennemis c'est pas vraiment d'eux qu'il faut craindre des

assauts

Etj'suis sorti du coma pour restreindre mes défauts, oh !

La même étoile au-dessus d'nos têtes à tous scintille

Ma mère m'a toujours dit que tous le même rêve on poursuit

Mais tu sais c'est pas le vice qui m'instruit

La quête de l'Amour je poursuis je suis l'esclave de l'Amour

Parce que c'est la sève, la substance de cette vie

On n'est qu'des acteurs《coupez !》et notre film est fini

Le bien domine c'est juste à toi de choisir

서로 미소 짓는 것만으로도 희망이 있는 거니까

서로 미소 짓는 것만으로도 그렇게 믿을 수 있는 거니까

서로 미소 짓는 것만으로도 생각이 있다는 거니까

세상의 마지막 순간이 내 안에서 일어났어

세상에 종말이 온 다음엔 엄청나지 지금의 내가 바로 나야

난 사랑으로 인종을 대해 이제 휘장 같은 색깔은 없어

내가 마리화나를 피우지 않고도 취해 있는 걸 보라고

내가 온갖 고정관념을 무릅쓰는 걸 보라고

모두가 자신이 최악의 적인 세계에 난 살고 있지

내가 내 자아를 이겨낼 수 있다면

네 앞에서 넌 진정한 나를 만나게 될 거야 이제 거짓이 없어

네게 적들이 있다면 네가 공격을 두려워해야 할 대상은 그들이 정말 아니야

난 내 결점을 막으려고 혼수상태에서 깨어났지, 오!

우리 머리 위에 있는 저 별은 우리 모두를 비춰

어머니는 항상 말씀하셨지 우리는 모두 같은 꿈을 좇는다고

하지만 너도 알잖아 날 가르치는 건 악행이 아니야

내가 좇는 사랑에 대한 탐구 난 사랑의 노예

그게 이 인생의 활력이고 본질이니까

우리는 배우일 뿐이야 '컷' 우리 영화는 끝났어

지배하는 건 선행이야 선택하는 건 네 몫일 뿐

Le don d'la vie précieux dommage qu'on n'en fasse pas notre profit

Le bien une offrande, des fruits sur l'autel de cette vie

Tu sens bien qu'ici y a une présence l'Amour doit être la norme

J'm'envole décolle là où y a plus d'conflit

Et je m'nourris du nectar qu'sécrète cette vie

Y a plus d'problème ris, profitons d'la vie, elle n'a pas de prix

Soyons tous ensemble amis

Tu sais j'aime c'pays le ressens-tu dans ce que je dis l'Ami

Soyons tous ensemble en harmonie que l'on donne ou qu'on reçoive

que l'on reste ami

Pour toi et moi je prie que Dieu bénisse la France c'est un si beau

pays


Derrière les apparences, n'y a-t-il pas un même coeur qui bat?

Sur ce champ infini de la mémoire, n'y a-t-il que des épouvantails ?

L'enfant s'est-il véritablement dissous, dans ce visage d'adulte crispé ?

Le salut est-il possible hors de la tendresse, de la compassion et de

l'Amour ?

Étais- tu donc absent ? L'argent, l'alcool et la violence, c'est mon

propre vide que tu tentais de remplir

Étais-tu donc sourd ? Mes attitudes et mes chansons c'est à l'aide

qu'il fallait lire

값진 인생의 선물 그걸 우리 이익으로 받아들이지 않는 건 유감이야

봉헌이라는 선행, 인생의 제단 위에 놓인 열매들

넌 여기에 어떤 존재가 있음을 느끼지 사랑은 기준이 돼야 해

난 날아올라 다툼이 많은 그곳을 떠나

그리고 이 인생이 준 과즙을 마시지

이제 문제 없어 웃어봐 인생을 제대로 써보자고 인생은 정말 소중한 거야

우리 모두 친구가 되자고

내가 이 나라를 사랑한다는 걸 넌 알지 내가 하는 말에서 넌 느낄 수 있어 친구

다 함께 사이좋게 지내자고, 주거니 받거니 하면서 친구로 지내는 거야

프랑스에 하느님의 축복이 깃들기를 너와 나를 위해 기도할게 프랑스는 정말 아름

다운 나라니까


겉모습 뒤로 고동치는 하나의 같은 심장은 없는 걸까?

끝없는 기억의 들판 위엔 허수아비들만 있는 걸까?

정말 아이는 어른의 그 찡그린 얼굴 속에 녹아드는 걸까?

자애, 연민, 사랑 밖에서 안녕이 가능할까?

그래서 넌 없었니? 돈, 술, 폭력, 이게 네가 채우려고 했던 나만의 빈 공간이야

그래서 넌 듣지 못했니? 내 태도와 노래는 읽어야 도움이 될 수 있어

Étais-tu donc aveugle ? Nos pavents ont tout sacrifié pour cette demeure

Comment as-tu pu me demander de partir

Étais-tu donc muet ? Lorsque comme un seul homme, nous nous sommes levés

C'est merci qu'il fallait dire

Derrière les apparences, je me suis éteint à mon extinction

Sur ce champ infini de la mémoire, l'Amour seul a pu éclore

L'enfant seul peut défaire les chaînes et sortir de la caverne sombre du monde des ombres, de l'existence

Hors de l'Amour, il n'y a point de Salut

Le sage l'est devenu, en appliquant sur ses yeux cette argile mouillée par les larmes

Que Dieu bénisse la terre qui nous a redonné la vue

그래서 넌 보지 못했니? 우리 부모들은 이렇게 정착하려고 온갖 희생을 치렀지

어떻게 네가 나한테 떠나길 바랄 수 있었던 거니?

그래서 넌 말을 못 했니? 우리가 하나의 인간으로서 일어섰을 때 말이야

감사의 말은 꼭 필요해

보이지 않는 곳에서 난 내 안의 불을 스스로 껐어

끝없는 기억의 들판 위엔 사랑만이 피어날 수 있었어

어린아이만이 사슬을 끊고 그늘진 세상의, 실재의 어두운 소굴을 빠져나올 수 있지

사랑 밖에서 안녕이란 절대 없어

현명한 자는 눈물 젖은 이 진흙을 두 눈에 칠하며 태어나

우리에게 다시 길을 열어준 세상에 하느님의 축복이 깃들기를

## Lettre à mon père

—


Très cher papa, j'aurais voulu partager avec toi cette lettre le prouve

Prends pour preuve mon coeur que je t'ouvre

Très cher papa, j'aurais aimé que ma plume soit plus légère l'absence

d'un trop-plein de mots aurait dit combien je t'aime

Très cher papa, lis cette lettre selon ce qu'elle vaut l'ultime propos je

t'aime dans chacun de mes mots

Très cher papa, une famille c'est tellement beau je parle comme la

perle qui perle sur ton visage

Tu vois la douleur de maman elle fut grande papa

Blessé par l'absence pourquoi t'es pas là papa

Maintenant que je suis père à mon tour à mon fils je donne de l'amour

Sur le temps inéluctable nul n'a le pouvoir du retour virgule

Rien de bon ne peut être basé sur la haine

Et dans le cas présent les regrets n'entraînent que la peine virgule

Ton fils qui t'aime. P.S. t'embrasse avec tendresse

Je t'aime ...

# 아버지에게 쓰는 편지

—

사랑하는 아빠, 당신과 함께하고 싶었어요 이 편지가 그 증거예요

당신에게 여는 내 마음을 증거로 받아줘요

사랑하는 아빠, 난 내 펜이 좀더 가벼웠으면 했어요 넘치지 않는

적당한 양의 단어가 내가 당신을 얼마나 사랑하는지 말했을 테니까요

사랑하는 아빠, 내가 궁극적으로 하고 싶었던 말을 생각하면서 이 편지를 읽으세

요 단어마다 당신을 향한 내 사랑이 담겨 있어요

사랑하는 아빠, 당신 얼굴에 맺힌 진주처럼 가족은 정말 아름다운 거라고 난 말하

고 싶어요

당신은 엄마의 아픔이 크다는 걸 알아요 아빠

당신이 그 자리에 없어서 상처를 받았죠 아빠

이젠 내 차례예요 내가 아버지에요 내 아들한테 사랑을 전해요

피할 수 없는 시간 동안 돌아올 힘은 아무한테도 없었네요 콤마

좋은 건 증오가 바탕이 되지 않아요

그리고 지금 후회는 아픔만 낳네요 콤마

당신을 사랑하는 아들이. 추신. 당신에게 다정한 입맞춤을 전하며

사랑합니다

**Refrain**

Malgré l'absence de mon père j'ai quand même grandi

Y a pas de chance ni de malchance c'est juste la vie

Et si j'ai écrit cette lettre c'est pour te le dire

Ainsi va la vie l'amour pas la haine pour reconstruire


Très cher papa, je vais te parler avec mon coeur et sans haine

t'inquiète même pas une arrière-pensée

Juste un bilan depuis ton départ en 83

Laissant trois petits avec leur mère bref

Papa je t'aime tu sais mais là t'as déconné

Fallait pas partir fallait pas quitter le navire

À un certain niveau papa tu sais on part pas

Une famille encore plus belle, une famille encore plus forte

Le souhait de toi et maman à vingt ans

Mais que faire face à la volonté suprême

La marionnette est soumise au Marionnettiste

Et c'est sûr papa je te pardonne


**Refrain**

후렴

아버지 없이도 난 이렇게 자랐어

행운도 불운도 없었지 그게 바로 인생

내가 이 편지를 썼다면 당신에게 이걸 말하고 싶었던 거야

인생에서 뭔가를 다시 세우는 건 증오가 아니라 사랑이지


사랑하는 아빠, 나 당신에게 증오가 아닌 진심을 다해 얘기할게요 다른 저의가 있

을 거라는 걱정은 하지도 말아요

한마디로 1983년에 당신이 세 아이와 애 엄마를 남기고

떠난 이후를 정리하자는 것뿐이에요

아빠 사랑해요 알잖아요 하지만 그건 당신이 잘못했어요

떠나지 말았어야죠 도망치지 말았어야죠

아빠도 어느 정도 알잖아요 아무도 떠나지 않아요

가족은 훨씬 더 아름다워요 가족은 훨씬 더 강해요

당신과 엄마가 스무 살 때 가졌던 소망

하지만 최고의 의지에 직면했죠

꼭두각시는 괴뢰사를 따라요

그리고 저는 당연히 아빠 당신을 용서해요


후렴

Je peux offrir mon ame au pillage désormais moi

J'ai trouvé l'Amour c'est pour ça que je t'écris papa

Que m'importe les gains, les pertes, l'Amour est mon trône

Je suis un mari, un fils, un père, l'Amour ma couronne

Y a plus de drame n'est-ce pas singulier l'Amour ma flamme

Je n'ai plus de prétexte j'ôte les habits de mon âme, j'ôte les facéties

de mon ego et ma haine part en lambeaux

Si bien qu'à présent je vois clair l'Amour tomba mon bandeau

Je parle à la bêtise de l'air sort de nos têtes

Eloigne-toi de nous, rétracte tes griffes qui servent

À perdre nos âmes, je t'écris ça pa'

Sache que ton fils raisonne

L'Amour est la seule chose qu'il te porte

.

**Refrain**

이제 누구든 내 영혼을 가져갈 수 있어요

난 사랑을 찾았거든요 그래서 당신에게 편지를 썼어요 아빠

이익과 손해가 내게 무슨 소용인가요 사랑은 내 왕관이에요

난 남편이고 아들이고 아버지예요 사랑은 내게 상을 줬죠

더 이상 비극은 없어요 내 불꽃 같은 사랑이 특이하지 않나요

내겐 더 이상 핑곗거리란 없어요 난 영혼의 옷을 벗어요 내 자아의 장난기를 버려

요 내 증오는 갈가리 찢어져요

지금 난 정확하게 볼 수 있어요 사랑이 내 눈가리개를 벗겼거든요

우리 머리에서 나온 노래를 난 어리석은 자에게 전하죠

우리한테서 떨어져 있어 네 날카로운 발톱을 감춰

우리 영혼을 분출하도록 나 당신한테 이렇게 편지를 써요 아빠

당신 아들이 합리적이라는 건 알고 있도록 해요

아들이 당신에게 보내는 건 사랑뿐이에요


**후렴**

## Traces de lumière

—

Yeah ma voix se baisse parce que mon coeur se tait je le sais

Le bruit n'est que silence statique est la cadenceje tombe

Je sais pas si vous le sentez vous piéger comme un animal je sais

plus à quoi me cramponner

Je viens d'où ? Où est-ce que je vais ? Qu'est-ce que j'en sais ces

questions plus je me les pose plus je souffre

Mes amis rient de moi, moi j'ai honte de parler de ma différence

S'ils me quittent l'absence se muera en souffrance plus grande

encore que celle qui me vide

Qu'est-ce que j'ai ou bien qu'est-ce que j'ai pas ?!

Qui je suis ou bien qui je suis pas ?!

Je m'enfonce chaque jour un peu plus dans ce trou qui se prend pour

moi

Même cette mélancolie qu'on disait cool me peine

Je pourrais presque dire combien y a d'étoiles dans le ciel

En termes spirituels la quête en moi y a trop de mystères

# 빛의 흔적들

—

그래 난 알아 내 마음이 침묵하기에 내 목소리도 작아지지

소음은 정지된 고요일 뿐 거기에 맞춰 난 리듬을 타

당신이 동물처럼 덫에 걸렸음을 느끼고 있는지 난 모르겠어

내가 뭐에 매달리는지 더 이상 모르겠어

난 어디서 온 걸까? 난 어디로 가는 걸까? 내가 아는 건 뭘까? 스스로 질문을 던질

수록 고통은 더 커지네

내 친구들은 날 보며 비웃어, 난 내가 가진 차이를 말하는 게 부끄러워

친구들이 날 떠나고 나면 그 부재는 날 지치게 한 고통보다 훨씬 더 큰 고통으로 변

하지

내겐 무엇이 있는가 아니면 무엇이 없는가?!

누가 내가 맞는가 아니면 누가 내가 아닌가?!

난 매일 날 위해 마련해둔 구멍 속으로 좀더 깊숙이 파고들어가

사람들이 쿨하다고 하는 그 우울함조차 날 괴롭게 만들어

하늘에 별이 얼마나 있는지도 말할 수 있을 지경이야

영적으로 표현하자면 내 자신을 탐구하는 데 불확실한 게 너무 많아

**Refrain**

Y a Kafilan


Tout me préjuge j'ai peur d'ennuyer donc je reste seul

Mais comme je sais pas vraiment ce que je recherche je feins le fun

Spleen grave et la donne rien ne me sourit

C'est comme si rien n'avait de sens qu'estce qui changerait ma vie

J'ai passé trop de nuits à pleurer, quand le jour va se lever ?

Comme si quelque chose en fait m'était occulté

Ce à quoije m'accroche en sorte ne sont que des spectres

Je respecte mais ma quête va au-delà

Je suis si jeune pourquoi je me prends la tête comme c;a

Quand tu penses que la plupart vit dans l'insouciance

Je suis dos au mur feignant de jouer mon propre rôle

Désaxé par rapport au pôle

J'ai peur de devenir fou par manque d'amour

La conscience n'a-t-elle pas fait sauter mon tour

Ma vie c'estjuste un vêtement pour faire comme et surtout pas

autrement


**Refrain**

En seize mesures le récit d'une vie passée la mienne

**후렴**

카필란이 있어


모두가 날 함부로 판단해 난 곤란해질까 두려워 그래서 혼자 있지

하지만 나도 내가 뭘 찾는지 제대로 모르니 그냥 즐거운 척해

심각한 권태와 내가 든 카드패 아무것도 날 웃게 만들지 않아

마치 아무것도 의미가 없는 듯해 무엇이 내 삶을 바꿀 수 있을까

난 수많은 밤을 눈물로 지새웠어, 언제 해가 뜨는 걸까?

정말 뭔가 내게서 감춰진 것 같아

내가 매달리는 그건 유령일 뿐이야

난 존중해 하지만 나의 탐구는 경계를 넘어서지

난 너무 어린데 왜 이렇게 앞에 서 있을까

대부분이 무관심 속에서 살아간다고 네가 생각할 때

난 내 역할을 하는 척하면서 궁지에 몰리지

중심에서 벗어나지

사랑받지 못해 미칠까 두려워

의식은 내가 세운 탑을 무너뜨리지 않았어

내 인생은 바로 그렇게 하기 위한 한 벌의 옷일 뿐


**후렴**

열여섯 소절에서 펼쳐진 지난 내 인생 이야기

Vous m'avez tous vu rigoler de bonne humeur

Vous avez cru voir se dégager de moi le bonheur

Ce n'est pas le reflet qu'il y avait dans le coeur

Ce que je voulais moi c'était la paix intérieure

La vraie, infinie, celle qui est dans le coeur

J'ai cru la trouver en compagnie des femmes

En buvant de l'alcool et en ayant beaucoup d'argent

C'est pas la paix que j'ai eue moi c'est le malaise

Un truc malsain dans un coeur vide

Quand le coeur est malade le corps souffre

Résultat j'étais mal j'avais pas la cause

Normal je buvais à la mauvaise source

La source de la paix intérieure est une

Y boire donne la vie au coeur et au corps

J'ai vécu vivant avec un coeur mort


**Refrain**

당신들 모두 내가 좋은 기분에서 농담하는 걸 봤어

내가 행복을 드러내는 걸 봤다고 믿었겠지

근데 그건 마음속 모습이 아니야

내가 원했던 건 내면의 평화였어

참되고 한없는 마음속의 평화

난 술을 마시고 떼돈을 벌면서

여자들과 그걸 찾았다고 믿었지

하지만 내가 갖고 있던 건 평화가 아닌 불안

공허한 마음을 채운 병적인 속임수

마음이 병들면 몸이 괴로워

내가 아픈 결과에 원인이 없었지

나 더러운 샘에서 물을 마시곤 했어

내면의 평화가 있는 샘은 하나뿐

거기서 물을 마시면 몸과 마음이 활기를 얻어

난 죽은 마음으로 살고 있었지


후렴

## Noir & Blanc

—

Mesdames, mesdemoiselles et messieurs, musique!

**Intro**

Oh Non, Non, Non, Non, Oh, Oh Oh Oh Oh Oh

Le Noir allume les lumières la nuit

Le Blanc éteint le sombre de nos tristes nuits

Que te dire sinon faut qu'on soit Ami

Noir & Blanc c'est la même je te l'ai déjà dit

Laisse-moi te dire hier moi j'étais ce Blanc, sang rouge si différent

Je vivais si loin de l'autre dès que j'ai vécu cette scène

Un couteau sale petit-bourgeois donne-moi tout ce que tu as sur toi

La peur, la rage m'ont cloisonné dans la haine (men)

Sème comme cette graine, entraîne le malheur

Tant de vicissitude égrenée par la rancoeur

Et la haine se multiplie d'elle je suis prisonnier

De part et d'autre voyons tout cela n'entraîne que la peine

Tout cela est commun comme phénomène

## 흑인과 백인

—

신사 숙녀 여러분, 음악 주세요!

인트로
오 노노노노 오, 오오오오
흑인은 밤의 빛을 밝힌다
백인은 우리 슬픈 밤에 드리운 어둠을 지운다
우리가 친구가 아니면 뭐라고 네게 말해야 할까
흑인과 백인은 같다고 이미 내가 말했잖아

내 말 잘 들어봐 어제 난 그 백인이었어, 아주 다른 붉은 피를 가진 사람
난 이 상황을 경험하면서 다른 사람과 멀리 지냈지
더러운 속물 쪼다야 네가 가진 거 다 내놔
두려움과 분노는 나를 증오로 갈라놓았어
이 씨처럼 뿌려져 불행을 야기했지
원한이 만들어낸 수많은 부침
증오는 증오를 낳고 난 증오의 포로가 되고
이쪽저쪽에서 봐봐 이 모든 게 고통을 만들 뿐
이 모든 게 보편적인 현상이야

Je veux dire c'est juste un épiphénomène

L'addition de ce genre d'événement mène toujours vers

La soustraction des nobles sentiments d'hier

Sale 《bip》 espèce de gros 《bip》, allez-vous faire 《bip》

Retournez d'où vous êtes venus si vous êtes déçus

Ce hier, c'est le hier de tant de gens, au sang rouge si différent


**Repain**

Oh Non, Non, Non, Non, Oh, Oh Oh Oh Oh Oh

Le Noir & le Blanc ne s'unissent-ils pas

S'il te plaît aime-moi, si tu veux que je t'aime moi


Hier ce Noir, c'était moi le type un certain genre de voyou

Y avait une fosse, un mur, un univers entre moi & vous

Hier je voulais tout cramer, le bourgeois je détestais

Ce Fabien j'ai dépouillé j'ai kiffé de voir le bab flipper

Donne-moi ce que t'as sur toi ou bien je te plante 《brèle》

Pour toi ça change quoi t'es qu'un sale petit-bourgeois

Hier sa vie je ne l'ai pas comprise mais après cette scène

이건 부대 현상일 뿐이라고 나 말하고 싶어

이런 사건이 더해지면 항상

어제의 고귀한 감정을 뺏기게 되지

더러운 '삐' 돼지 같은 '삐', 가서 '삐'나 하셔

실망했으면 당신 왔던 곳으로 돌아가셔

이런 어제, 아주 다른 붉은 피를 가진 아주 많은 사람의 어제였지


후렴

오 노노노노 오, 오오오오오

흑인과 백인은 뭉치지 않아

날 사랑해줘, 내가 널 사랑해주길 바란다면


어제 그 흑인, 일종의 깡패 놈 그게 나였어

구덩이, 벽, 우주가 나와 당신 사이에 있었지

어제 난 다 태워버리고 싶었어, 내가 싫어하는 부르주아

그 파비앵은 내가 삥 뜯었지 그 백인 놈이 덜덜 떠는 걸 보니 좋았어

네가 가진 걸 내놔 안 그러면 널 뒤에서 찔러버릴 테니까 '병신아'

이런다고 네가 달라지는 게 뭐야 넌 그냥 더러운 속물일 뿐

어제 그의 삶을 난 이해하지 못했지만 이 상황을 경험한 뒤

J'ai gardé ma haine pourquoi nous on est pauvre et puis pas vous

Hier c'était ça nous comme beaucoup le savent

On était jaloux on haïssait le Blanc on était paumé

Esclave en Amérique on chanta la soul

Et puis y a eu le colonialisme maintenant on est dans la zone

Vous allez payer pour ce qu'a subi l'Afrique

Ce hier, c'est le hier de tant de gens que la haine brise

Ce hier, c'est le hier de tant de Malik que la haine brise

**Refrain**

Aujourd'hui la couleur de ma peau n'est plus un drapeau

Juste un arc-en-ciel où se reflète l'universel

Aujourd'hui grâce à l'Amour et le spirituel

Le Noir, le Blanc d'hier sont devenus des frères

On est tous or couleur miel quand on va vers le haut

La poésie de la vie a su me faire écrire ces mots

Aujourd'hui Fabien & Malik se donnent la main

Si la bêtise divise, la sagesse rend un

Aujourd'hui je sais que les fleurs n'ont pas toutes la même teinte

Du choix de la nature nous ne pouvons porter atteinte

Dieu a fait les différences non pas pour qu'on s'affronte

난 증오를 품었지 왜 우리는 가난하고 당신들은 아닐까

많은 사람이 아는 것처럼 이게 어제의 우리 모습이었어

백인을 우리는 질투하고 우리는 증오했지 우리는 길을 잃었었어

미국의 노예 우리는 솔을 노래했지

그다음에 식민주의가 있었지 지금 우리가 그 안에 있어

아프리카가 당한 것에 대한 대가를 당신은 치를 거야

그런 어제, 증오가 수많은 사람을 어제 망가뜨렸어

그런 어제, 증오가 수많은 말리크를 어제 망가뜨렸어


후렴

이제 내 피부색은 더 이상 깃발이 아니야

보편을 나타내는 무지개일 뿐

오늘 사랑과 신앙 덕에

어제의 흑인과 백인이 형제가 되었어

정상을 향하는 우리는 모두 황금색이야

인생의 시는 내게 그 단어들을 쓰는 방법을 가르쳤지

이제 파비앵과 말리크가 악수해

우둔함이 갈라놓으면 현명함이 되돌려놓지

꽃들이 전부 같은 색이 아님을 이제 난 알아

자연의 선택을 우리는 해칠 수 없어

우리를 싸우게 하려고 하느님이 차이를 만든 건 아니야

Les cultures sont des richesses pour que l'on se rencontre

En somme, ensemble on plane sur un tapis volant

Le monde est devenu dune et sent le musc blanc

Fabien et moi avons pris ce même tapis volant

Où le sang n'a qu'une couleur rouge couleur de l'Amour


**Refrain**


**Outro**

Oh Non, Non, Non, Non, Oh, Oh Oh Oh Oh Oh

Le Noir allume les lumières la nuit

Le Blanc éteint le sombre de nos tristes nuits

Que te dire sinon faut qu'on soit Ami

Noir & Blanc c'est la même je te l'ai déjà dit

문화가 다양하기에 우리는 서로를 알게 되지

결국 우리는 함께 마법의 양탄자를 타고나는 거야

세상은 모래 언덕으로 변했고 화이트머스크 향을 내지

피가 붉은색 사랑의 색만 있는

이 똑같은 마법의 양탄자를 파비앵과 내가 타고 있어


후렴


아웃트로

오 노노노노 오, 오오오오오

흑인은 밤의 빛을 밝힌다

백인은 우리 슬픈 밤에 드리운 어둠을 지운다

우리가 친구가 아니면 뭐라고 네게 말해야 할까

흑인과 백인은 같다고 이미 내가 말했잖아

## Le langage du coeur

—

Tout ce dont j'ai besoin c'est d'Amour voir le monde avec des yeux de velours

Mon ciel se dégage et le soleil bat dans ma poitrine

Tenir dans ma main le coeur de ma femme et celui de mon fils

C'est agrandir ou bien réduire l'horizon d'êtres qui nous sont chers

Ma mère a dû ressentir cela lorsqu'elle nous voyait grandir et que papa n'était pas là

Une chance qu'on ait pu voir que le monde était beau

Trop nombreux sont ceux qui croient vivre la tête sous l'eau

Et vont d'illusions en désillusions embourbés dans leurs passions

Va où ton coeur te porte et tu trouveras le vrai

Vraiment j'ai vu des gens souffrir et partir mais malheureusement tous n'ont pas eu la chance de revenir

S'arrêter sur la couleur ou les origines est un leurre

Une prison où s'enferment eux-mêmes ceux qui ont peur d'eux-mêmes

Dépasser la nostalgie du passé, la crainte du futur

Profiter de chaque moment devient une aventure

# 마음의 언어

—

내게는 세상을 다정한 눈길로 바라보기 위한 사랑만이 필요해

나의 하늘이 개고 태양이 나의 가슴을 치네

내 아내와 아들의 심장을 내 손에 쥐고 있음은

우리에게 소중한 존재들의 시야를 넓히거나 줄이는 것

내 어머니는 우리가 커가는 모습을 보며

아버지의 부재를 확인할 때면 이것을 느껴야 했어

운 좋게도 우린 세상의 아름다움을 볼 수 있었어

너무 많은 사람이 수면 아래에서 산다는 느낌을 갖고 있지

환상에서 각성하고는 자기 열정에 빠져버려

네 마음이 이끄는 곳으로 가면 진실을 찾을 수 있을 거야

아파하고 떠난 사람을 난 정말 많이 봤어

불행히 모두가 되돌아올 기회를 얻지 못했지

피부색이나 국적에 막히는 건 속임수야

자신이 두려운 자들이 스스로 틀어박힌 감옥이야

과거에 대한 향수, 미래에 대한 두려움을 지나

매 순간을 이용하는 건 모험이 되지

**Refrain**

Voir la vie comme à mes cinq ans

Comblé dans les bras de maman

Cet Amour que je cherche

Guide chacun de mes gestes

Vouloir le grand Amour à seize ans

Lui donner la main à vingt ans

C'est d'Amour que je rêve

Regarde dans le coeur de celui qui aime la peur s'en va

En la religion de l'Amour j'ai mis ma foi

Aujourd'hui que tu sois juif, chrétien, ou bien bouddhiste je t'aime

L'Amour est universel mais peu d'hommes saisissent le langage des

oiseaux

Sinon la Paix illuminerait le monde comme un flambeau

Au lieu de ça des vies se brisent comme du verre fragile

Tout se mélange confusion entre l'important et le futile

Tout a un sens pour comprendre il s'agit d'ouvrir son coeur

Ne pas céder à l'horreur, se lever après l'erreur

Quand j'ai peur de ne pas être à la hauteur j'entends

Une voix me dire je suis l'Aimé et puis l'Amant

L'Amour comme seul vêtement comme le manteau du Prophète

**후렴**

나 다섯 살 때처럼 인생을 바라보네

엄마 품에 가득 안긴 그때

내가 찾던 이 사랑이

내 몸짓을 하나하나 이끄네

열여섯 나이에 뜨거운 사랑 찾기

스물 나이에 그에게 손을 내밀기

그것이 내가 꿈꾸는 사랑


두려움이 사라지는 걸 반기는 이의 마음을 봐

내 신앙은 사랑의 종교에 있지

이제 네가 유대교인이든 기독교인이든 불교도이든 나는 너를 사랑해

사랑은 모두의 것 하지만 새들의 말을 이해하는 사람은 거의 없지

평화가 횃불처럼 세상을 비추지 않으면

깨지기 쉬운 유리처럼 인생은 부서지고 말아

모든 건 섞이지 중요한 것과 하찮은 것 사이엔 혼란이 생기지

모든 건 이해해야 할 가치가 있어 마음을 여는 게 중요해

두려움에 굴하지 말아, 실패 뒤에 일어서

내가 바라던 위치에 있지 않아 두려울 때

어떤 목소리가 내게 말하길 난 사랑받는 자고 사랑하는 자요

대예언자의 외투처럼 단벌 같은 사랑

네 말이 침묵보다 더 아름답지 않다면 넌 침묵해야 돼

Si ta parole n'est pas plus belle que le silence faut que tu te taises

Si tu t'arrêtes juste un instant tu sauras si t'as tort

Qu'estce qui mérite sur cette terre tes efforts


**Refrain**

Tout ce dontj'ai besoin c'est d'Amour pour pouvoir vivre comme un homme libre

Enlever les entraves de la vie matérielle

Se débarrasser du superflu et aller vers l'essentiel

Bâtir des relations solides d'être à être

Déchirer chaque jour un peu plus le voile du paraître

Tout ce dont j'ai besoin c'est d'Amour pour me connaître moi et puis les autres

Pour comprendre qu'on ne fait tous qu'un malgré le nombre

Et voir que le multiple finalement nous fait de l'ombre

Se séparer c'est dissocier la vague de l'océan

Quelle vanité on est pur néant

Tout ce dontj'ai besoin c'est d'Amour, de Paix et d'Unité

Pour qu'on puisse communier dans l'Amour et le respect

네가 잠시 멈추면 네가 **틀렸음**을 알 거야

이 세상에서 네 노력을 누릴 만한 게 뭘까?

## 후렴

내겐 사랑만이 필요해 자유로운 사람으로 살려면

물질적인 생활의 구속에서 벗어나려면

남는 걸 버리고 꼭 필요한 것만 가지려면

사람 대 사람으로 끈끈한 관계를 맺으려면

널 가린 장막을 매일 조금씩 찢으려면

내겐 사랑만이 필요해 나와 타인들을 알려면

우리는 다수지만 모두 하나일 뿐임을 이해하려면

다수라는 게 결국 우리를 불안하게 만든다는 걸 알려면

서로 나뉘는 건 바다의 파도를 흐트러뜨리는 것과 같아

참 공허하지 우리는 정말 아무것도 아니야

우리가 사랑과 존중으로 공감하려면

내게 필요한 건 사랑, 평화, 조화뿐

## Ode à L'Amour

—

**Intro**

Il y eut un temps où je faisais reproche à mon prochain

Si sa religion n'était pas proche de la mienne

Mais à présent mon coeur accueille toute forme

I1 est une prairie pour les gazelles

Un cloître pour les moines

Un temple pour les idoles

Une Kaaba pour le pèlerin

Les tables de la Torah et le livre du Coran

Je professe la religion de l'amour et quelle que soit

La direction que prenne sa monture, cette religion est ma religion et

ma foi

J'ai pu voir qu'le livre de ma vie n'était pas seulement composé

d'encre et de lettres

Mon coeur devient blanc comme neige

Lorsque je goûte les saveurs du je t'aime

Dans ton jardin les fleurs sont multiples mais l'eau est unique

# 사랑의 송가

—

인트로

내 이웃의 종교가 내 종교와 비슷하지 않으면

그 사람을 비난한 적도 있었어

하지만 지금 내 마음은 모든 형태를 받아들이지

그건 가젤들을 위한 초원이요

수도사들을 위한 수도원

우상들을 위한 신전

순례자를 위한 카바

토라 서판과 코란 책

난 사랑의 종교와 모든 걸 따르지

사랑의 전령이 이끄는 방향, 이 종교가 내 종교이고 내 신앙이야


내 인생의 책이 잉크와 문자로만 쓰이지 않았다는 걸 난 알 수 있었어

'난 널 사랑해'라는 맛을 음미하면

내 마음은 눈처럼 하얘지지

그대의 정원에 꽃은 많지만 물은 하나뿐이야

나 그대 사랑을 튀니크처럼 입을 거야

Laisse-moi me vêtir de ton amour comme d'une tunique

Laisse-moi égrener le chapelet de mon coeur dans ton souvenir

Laisse-moi crier au monde le parfum de mon désir

Le ciment de la providence nous lie comme les briques du secret

J'étais cuivre tu m'as rendu or toi l'Alchimiste de mon coeur

Toi qui as su gommer mes erreurs

Tu m'as tendu la main un jour et depuis je suis riche

Et il est pauvre celui qui vit dans ta niche

En vérité qui est le pauvre, qui est le riche ?

Je partirais paré des joyaux que tu m'as remis

N'est-ce pas toi Sidi qui m'as rendu vivant dans cette vie (bis)


**Refrain (bis)**

L'amour un océan sans fond, sans rivage

C'est le secret caché dans le coeur du sage

De toute éternité tu as lié

La merveilleuse histoire de l'humanité


Mon coeur fut transpercé par un rayon de soleil

Non pas l'étoile qui luit pour tous celle que les âmes éveillent

N'est croyant que celui qui aime l'autre comme luimême

L'existence est un don mais trop peu de gens s'émerveillent

나 그대 기억에서 내 마음의 염주 소리를 낼 거야

신의 시멘트는 우리를 비밀의 벽돌처럼 이어주지

구리였던 나를 그대는 금으로 만들었어 그대는 내 마음의 연금술사

내 실수에 침묵할 줄 알았던 그대

그대가 내게 손을 뻗은 그날 이후 난 부자가 됐어

그런데 그대의 위치에서 사는 이는 가난하지

정확히 누가 가난하고, 누가 부유한 걸까?

난 그대가 준 보석들로 치장하고 떠날 거야

내가 이 인생을 살게 해준 사람은 그대 시디가 아닐까(반복)


후렴(반복)

사랑은 바닥과 기슭이 없는 대양

그건 현명한 자의 마음속에 감춰진 비밀

태초부터 그대는

인류의 경이로운 역사로부터 이어져 있었어


한 줄기 햇빛이 내 마음을 파고들었어

영혼이 깨어 있는 건 모두를 위해 반짝이는 별이 아니야

신자란 타인을 자신만큼 사랑하는 이지

존재의 옷차림은 모두 같지 않으니까

외관은 거기에 신경 쓰는 사람만 속이니까

Parce que les tenues qu'elle revêt ne sont jamais les mêmes

Parce que l'apparence ne trompe que ceux qui s'y arrêtent

J'ai bu le vin de l'Amour les gens se sont changés en frères

Et me prennent pour fou ceux qui au lieu du coeur ont une pierre

Verse-moi donc une autre coupe que je goûte enfin l'ivresse

Ce n'est qu'une métaphore pour ceux qui comprennent

J'ai compris ce qu'était le bien à la lueur de mon coeur

Et la sincérité seule nous préserve de l'erreur

Les actes ne valent que par les intentions à chacun selon son but

Aimer l'autre quoi qu'il en coûte et envers soi mener la lutte

Dans ma poitrine est enfoui le trésor des justes

Si y en a pour un partageons y en a pour tous


Et en vérité qui es-tu toi l'Amour, toi que je cherche tant

J'ai perçu tant de mirages qui de loin portaient ton nom

Réponds, tu es le trésor caché, cherché par l'Amant et l'Aimé

Mais ne le savent que ceux qui de toi sont épris

Je veux être de ceux dont le visage porte la marque de ta proximité

Leurs coeurs gémissent et tu les remplis du secret, du miel de cette

vie

존재란 선물이야 하지만 여기에 감탄하는 이는 극소수에 지나지 않지

나 사랑의 포도주를 마셨어 사람들은 서로 형제가 됐어

심장 대신 돌을 가진 사람들은 날 미쳤다고 생각해

내가 맛본 술을 한 잔 더 따라줘 취할 때까지

이건 이해 가능한 사람들을 위한 은유일 뿐이야

난 내 마음을 번뜩이게 하는 선행이 뭔지 알지

진실함만이 우리를 잘못된 생각으로부터 보호해

행동은 각자의 목적에 따른 의도를 통해서만 가치를 지녀

그 어떤 희생이 따라도 타인을 사랑해 자신에게 싸움을 걸어

내 가슴속엔 정의의 보물이 묻혀 있어

한 사람의 몫만 있다면 나누자 모두에게 돌아갈 수 있으니까


정확히 그대는 누구인가 그대 사랑이여, 내가 그토록 찾던 그대여

멀리서부터 그대의 이름을 품고 오는 수많은 신기루를 난 느꼈어

대답해줘, 그대는 사랑하고 사랑받는 이들이 찾아낸 숨겨진 보물이야

하지만 이건 그대를 너무 사랑하고 있는 사람만 알아

그대와 가까움이 얼굴에 드러나는 사람 중에 내가 있었으면 해

그들의 마음이 신음하면 그대는 이 인생의 신비와 달콤함으로 그 마음을 채우지

Tu brûles et tu soignes à la fois les maux

Et les mots me manquent pour oser dire

Que tu es la source de toutes choses

De toute éternité ces mots sont gravés dans mon coeur

Je t'aime, je t'aime, je t'aime ô Amour

Soisen sûr comme le soleil et la lune déchirent le ciel

Au cours de chacun de leurs passages

L'Amour est la couronne des actes

Fais de moi un roi pour que je puisse donner le pacte

Fais de moi un roi Sin que je puisse donner ce pacte

그대는 악행을 잠재우면서도 보살피지

그대가 모든 것의 원천이라고

나 당당하게 말하고 싶은데 적당한 표현이 떠오르지 않아

태초부터 그 단어들은 내 마음에 새겨져 있었어

나 그대를 사랑해, 나 그대를 사랑해, 나 그대를 사랑해 오 사랑이여

해와 달이 하늘을 가르는 것처럼 여기에 확신을 가져

그들 각자의 여정에서

사랑이란 행동의 화관이야

나를 왕으로 만들어줘 내가 조약을 만들 수 있게

나를 왕으로 만들어줘 내가 이 조약을 만들 수 있도록

나의 안내자 시디 함자 알카디리 알부치치에게 경의를 표합니다.

그는 나와의 진심 어린 친분을 통해 내가 모든 인류를 향한

사랑으로 충만한 보편적인 인간이 될 수 있게끔 나를 이끌었습니다.

시디, 내가 이 인생을 살게 해준 데 감사드립니다.

왈렌, 나디르, 파비앵, 라시드, 바시르, 그리고 특히 장과 쥘리앵에게

감사를 전합니다. 이들의 값진 도움이 없었다면

난 이 책을 절대 쓰지 못했을 겁니다.

## 옮긴이의 말

2007년에 몇 개월 동안 프랑스에 머무른 적이 있다. 그때 이 책의 저자인 압드 알 말리크는 프랑스 대중음악계에서 한창 대세로 꼽혔다. 무엇보다 전년도에 나온 두 번째 앨범 《지브롤터》가 대중의 사랑과 평단의 찬사를 듬뿍 받고 있었기 때문이다. 프랑스의 어두운 단면을 진심으로 담아낸 노랫말, 그리고 랩, 슬램, 재즈, 샹송을 버무린 감각적인 음악이 《지브롤터》를 가득 메우고 있었다. 나 역시 순식간에 이 앨범에 빠져들었고, 그의 공연을 직접 보기 위해 일부 프랑스인에게도 낯선 소도시인 알랑송으로 향하기에 이르렀다. 당시 압드 알 말리크는 프랑스 전국 투어를 진행하고 있었다.

분명히 우연이었다. 공연 당일 아침, '아점'을 해결하기 위해 들른 한적한 맥도널드 매장에서 햄버거를 먹다…… 갑자기 들었다. 내 뒤쪽에서 누군가와 대화를 나누는 익숙한 목소리를 들었다. 《지브롤터》에서 열심히 가사를 내뱉던 바로 그 목소리, 바로 압드 알 말리크의 목소리였다. 조심스럽게 뒤를 돌아보니 바로 그가, 웬 백인과 식사를 하고 있었다. 사인! 사진! 나는 곧바로 식사를 잠시 멈추고, 마침 갖고 있던 《지브롤터》 CD와 이 책의 원서 *Qu'Allah bénisse la France*, 스케줄러와 디지털 카메라를 들고 그에게 향했다. 낯선 아시아인을 대하는 프랑스인, 게다가 이미 스타가 된 사람이라면 더더욱 퉁명스러울 수도 있겠다는 생각에 조심스럽게 말을 걸었다.

"저 혹시 압드 알 말리크……?"

"네, 맞습니다."

너무 예상외였다. 압드 알 말리크는 내 예상을 완전히 뒤엎고 나를 아주, 아주, 아주 따뜻하게 맞이했다. CD와 책과 스케줄러에 가사를 섞은 긴 사인을 해주고, 같이 사진까지 찍어주는 내내 미소를 잃지 않았다. 극진한 대접에 어리둥절할 정도였다. 아시아인이 팬이라고 하니까 일부러 잘해주는 걸까, 아니면 원래 성격이 좋은 걸까, 왜 그런 걸까? 그가 먼저 매장을 나가면서 "이따 보자"라고 인사까지 해주니, 더더욱 멍해졌다. 그리고 시간이 흘러 이 책을 읽고 뒤늦게 깨달았다. 그가 나를 맞이하면서 보인 예의와 성의는 지난했던 과거와 뜨거운 신앙심이 빚어낸 진심이었음을 말이다. (나중에 알고 보니 압드 알 말리크와 함께 식사를 하고 나와 그의 사진을 친절하게 찍어준 백인은 다름 아닌 파비앵이었다.)


1975년 프랑스 파리에서 태어난 압드 알 말리크는 레지 파에트미

카노라는 이름으로 성장했다. 파리의 동쪽에 위치한 스트라스부르에서 어려운 가정 형편 속에 자라면서 친구들과 함께 온갖 비행을 저질렀지만, 힙합음악을 접하고 이슬람교에 귀의하면서 새 삶을 찾았다. 1980년대 말부터 1990년대까지 랩 그룹 NAP의 멤버로 활동하며 인지도를 높였고, 2000년대 중반부터 지금의 예명으로 솔로 활동에 나서서 총 다섯 장의 앨범을 내며 더 많은 대중과 호흡했다. 앨범마다 새로운 음악을 시도하는 동시에 사랑과 화합을 고민하는 '진짜' 싱어송라이터, 그가 바로 압드 알 말리크다.

압드 알 말리크는 음악에만 목매지 않았다. 솔로로 활동하며 사회, 종교, 문학에 관한 글을 꾸준히 쓰면서 지금까지 다섯 권이 넘는 저서를 남겼고, 2014년에는 영화감독으로 데뷔하기까지 했다. 그가 감독한 영화는 '메이 알라 블레스 프랑스!May Allah Bless France!'라는 영어 제목으로 외국에 소개되어 평단의 호평을 받기도 했다. 제목에서 짐작할 수 있듯이, 영화의 원작이 바로 이 책이다.

이 책은 기본적으로 압드 알 말리크라는 한 인물의 성장 기록이다. 하지만 좀더 파헤쳐보면 프랑스의 사회, 인종, 종교, 문화 등의 면면을 다룬 르포이기도 하다. 사실 한국인이 일반적으로 인식하는 프랑스라는 나라는 멋스럽고, 시크하며, 포용력 있는 곳이다. 식민 통치, 전쟁, 이민자 수용을 거치면서 다양한 민족과 인종을 아우른 결과, 사회문화적으로 다채로운 색깔을 띠게 되었다. 이 무지개의 오라aura는 그 어떤 나라도 쉽게 흉내 낼 수 없다. 그러나 그 이면에는 끊임없는 갈등과 충돌이 있다. 간혹 뉴스에서 전하는 '도시 근교의 소요 사태' 가 대표적인 예다. 그리고 한층 더 적나라한 모습이 이 책에 담긴, 압드 알 말리크의 성장기에서 드러난다. 절도와 마약, 그리고 끝내 죽음에 이르는 청년들, 그들을 애도하는 친구의 모습은 지금으로부터 20여 년 전의 이야기임을 감안해도 충격적이다.

또 다른 충격은 압드 알 말리크가 경험한 이슬람교에서 나타난다. 종교에는 분파가 있기 마련이고, 이는 이슬람교라고 해서 다를 게 없다. 저자인 압드 알 말리크는 이슬람교 중에서도 수피교, 수피파에 속한다. 그러나 그가 수피교에 안착하는 과정에서 확인한 것은 또 다른 갈등과 대립이었다. 교인들은 분파끼리 대립하는 것은 물론 국적을 따지면서도 대립했다. 이는 여전히 단일 민족임을 강조하고 이슬람교도가 극소수인 한국에서는 생경한 장면이다.

한편 압드 알 말리크는 힙합 문화를 접하고 랩에 빠지면서 그 음악을 생업으로 삼는다. 그 여정을 소개하면서 IAM, NTM, MC 솔라 등 프랑스 힙합의 살아 있는 전설들을 이야기하고, 책 마지막에는 본인의 랩 가사를 그대로 갖다 실었다. 실제로 프랑스 힙합은 한국 대중에게 낯선 주제지만, 지금의 프랑스 대중문화를 이해하는 데 있어서 필수적인 주제. 현재 한국에서 힙합음악이 대세인 것처럼, 프랑스에서도 그렇다. 프랑스 힙합은 미국 힙합의 영향으로 일찍이 1980년대부터 저변을 확대했고, 수년 전부터 수시로 인기 차트를 점령해왔다.

그 힘의 근원 역시 다양성이다. 프랑스 힙합을 듣다 보면 프랑스만

이 아닌 중동과 아프리카의 색까지 확인할 수 있다. 그만큼 신<sup>scene</sup>을 구성하는 아티스트들의 저마다 가진 사연이 다르다. 그 흔하디흔한 돈 자랑이나 사랑, 인종 갈등, 신앙심까지 여러 가지 크고 작은 이야기를 주고받는다. 그 구성원 중 한 명이 압드 알 말리크다. 이 책을 읽은 독자는 프랑스 힙합의 일면을 잠시나마 확인한 셈이다.

개인적으로 이 책이 한 프랑스인의 에세이가 아닌, 프랑스를 이해하기 위한 입문서가 되었으면 한다. 비록 프랑스를 포괄적으로 다루는 건 아니지만, 우리가 몰랐던 프랑스의 이면을 직간접적으로 확인할 수 있는 조그마한 디딤돌이 되었으면 한다. 그리고 더 나아가 압드 알 말리크가 이야기하는 사랑과 통합의 의미에 모두가 공감했으면 한다.

2019년 1월

김두완

# 나는 무슬림 래퍼다

| | |
|---|---|
| **초판인쇄** | 2019년 1월 25일 |
| **초판발행** | 2019년 2월 7일 |
| **지은이** | 압드 알 말리크 |
| **옮긴이** | 김두완 |
| **펴낸이** | 강성민 |
| **편집장** | 이은혜 |
| **편집** | 이은경 |
| **마케팅** | 정민호 정현민 김도윤 |
| **홍보** | 김희숙 김상만 이천희 |
| **독자모니터링** | 황치영 |
| **펴낸곳** | (주)글항아리 | 출판등록 2009년 1월 19일 제406-2009-000002호 |
| **주소** | 10881 경기도 파주시 회동길 210 |
| **전자우편** | bookpot@hanmail.net |
| **전화번호** | 031-955-8891(마케팅) 031-955-1934(편집부) |
| **팩스** | 031-955-2557 |
| **ISBN** | 978-89-6735-587-6 03860 |

글항아리는 (주)문학동네의 계열사입니다.

이 도서의 국립중앙도서관 출판예정도서목록(CIP)은 서지정보유통지원시스템 홈페이지
(http://seoji.nl.go.kr)와 국가자료공동목록시스템(http://www.nl.go.kr/kolisnet)에서
이용하실 수 있습니다. (CIP제어번호 : 2019000206)